山からはじまる
異世界ライフは
意外と快適だった
～不思議な
もふもふたちと
古の錬金術で
スローライフを
満喫中～
鬱沢色素
イラスト たらんぼマン

今回の人生はのんびり暮らすんだ！
レン
女神のミスで異世界の山の中に転生した元サラリーマン。失われた技術である錬金術で、うさぎ親子と一緒にマイペースにスローライフを満喫中。
シロガネ
謎の巨大うさぎ。人参をくれたレンに懐いていて、大きな石頭を使ってレンの山暮らしを手伝ってくれることも。
ユキマル
よく見るサイズのうさぎ。シロガネ同様、人参をくれるレンのことが大好き。街の魔導具店の看板うさぎ。
CHARACTER

あいつは何者なんだ…？
グレッグ
真面目で温厚な金ランク冒険者。面倒見も良く、世間知らずのレンを静かに見守ってくれている。
ミリア
犯罪組織に狙われていたところをレンに助けられた獣人の少女。祖父から譲り受けた魔導具店を切り盛りしている。
一緒にお店を経営しませんか？
レンくんの商品を卸してほしいんです
エリック
グレッグの紹介で知り合った優秀な商人。レンが作った錬金アイテムをとても気に入っている。

「ふう、取りあえずはこんなもんか」
試しに木板を持って、
屋根の穴が空いている部分に当ててみて、念じてみる。
……ビンゴ。穴が空いていたとは思えないくらいに、
キレイに屋根が補修できた。
「すげー」
錬金術様様だ。

山からはじまる異世界ライフは意外と快適だった

～不思議なもふもふたちと古の錬金術でスローライフを満喫中～

鬱沢色素

イラスト
たらんぼマン

目次

第一話　山からはじまる異世界ライフ

電車の揺れに身を任せ、俺は帰途についていた。

そこその大学を卒業し、そのまままこれといった特徴のない企業に就職した。身長も体重も平均的。まさに平凡を絵に描いたような人生を送ってきたと思っている。

特徴といったら知人から、「え？　いたの？」とよく言われる影の薄さ。高校時代、三年間クラスが一緒だった女子から、名前を忘れられるという経験もしたことがある。

就職してから三年が経つが、学生時代の友達とも疎遠になり、休日になったら読書やインターネットで動画を見たり、積んでいたプラモデルを一人で作ったりするのが趣味だ。

さて——最近は忙しかったが、明日からようやく連休に入る。

連休中はなにをしようか？　旅行をしようにも、そんな金はない。漫画でも読みながら、ごろごろしよう。それがいい。

そんなことを考えていたら、自宅の最寄り駅に到着した。下車する。

心を弾ませながら駅の階段を早足で下りていると、急に立ちくらみがした。

え？と思うのも束の間、目の前が真っ暗になった。

◆

気付いたら、俺は知らない場所にいた。

周りはどこまでも白く、自分の体がふわふわと浮き上がっていた。しばらく辺りを観察してみるが、やはり状況の理解は進まない。

怖くなってきた。一体ここはどこなのか？

移動を試みようとすると、どこからともなく女性の声が聞こえてきた。

『いや～、すみません。またやっちゃいました。申し訳ないのですが、あなたの人生はこれで終わりです』

え？

人生はこれで終わり？

ますます訳が分からなくなっていると、女の声が続いた。

『単刀直入に言いますが、小《こ》林《ばやし》蓮《れん》次《じ》郎《ろう》さん――あなたはこれから、二周目の人生を送ってもらいます』

「二周目？」

『はい。転生というやつですね。日本でも流行っているんでしょう？　本来は徳の高いお坊さんや、なにか大きなことを成し遂げた人しか転生できないんですが……あなたは特別です。私の手違いなんですからね』

俺は生前、仕事帰りの電車の中でＷＥＢ小説を読むことにはまっていた。

俺が見ているサイトでは、異世界に転生し、第二の人生を歩む物語がランキングの上位に連なっている。

なのでこういう時のお約束は、なんとなく理解しているが……聞こえてくる声は女神ってところか？　というか手違いとはなんだろうか。俺は手違いで死んだんだろうか？　たまったもんじゃない。

「あの」

『あなたは二つの転生ライフを選ぶことができます。一つ目はもう一度地球で生きること。二つ目は地球とは違う、別の世界で生きてもらうことです』

俺はクレームの一つでも言おうとしたが、女神（？）は被せるようにして説明を始めやがった。

「地球っていうことは、日本じゃない可能性もあるってこと？」

『そうですね。先進国かもしれませんし、紛争地帯かもしれません。あと、人間だとも限りません。犬かもしれませんし、ゴキブリかも。そこは選べません』

ハードモードすぎるだろ。

正直、人間以外に転生して上手くやっていける自信もない。

ゴキブリに転生して、いきなりスリッパで叩かれて死んだら洒落《しゃれ》にならないしな……。

「じゃあ異世界の方は？」

『異世界は人間に転生できますし、こちらである程度場所を指定することも可能です。ただ転生とは言いましたが、赤ん坊からスタートではありません。あなたの今の年齢からスタートです。そういった意味では、異世界転移と言う方が正しいかもしれませんね』

「年齢については別にいい。今更、赤ん坊から始めたくないし。それにしても、地球に転生する場合とは大分扱いが違うような気がするけど？」

『こちらにも都合がありまして……今、異世界に転生する人間が減っているんです。そろそろ誰かを異世界に転生させなくっちゃ、私が上司に怒られちゃいます』

手違いで人一人の人生を終わらせたり、自分が怒られることを気にしたりと、なにかと自分勝手な女神だ。

だが、今更なにかを言ったところで覆る気がしない。ポンコツだからといって、相手は女神なのだ。女神というのは推定だが。

「だったら、異世界に転生したい」

『ありがとうございます。そうですね……ただ転生させるのも申し訳ないので、あなたには

『錬金術』のスキルを与えましょう。錬金術があれば、その副産物として『鑑定』も使えます。それから基本四属性の魔法適性も付けちゃいましょう。まあ、こちらはおまけ程度のものですけどね。今後のあなたの努力次第といったところでしょうか』

俺が言葉を挟む暇もなく、女神はペラペラと続ける。相当、文句を言われたくないらしい。

……そう考えると、腹が立ってきたな。というかもしかして、これって夢じゃないだろうか。

夢の中かもしれないし、ここはひとつ女神にガツンと言ってやろう。

「あの」

『では、良き異世界ライフを！』

言葉を続けようとしたが、やっぱり女神は聞いてくれず、最後にそう告げる。次の瞬間、さっきの時みたいに目の前が真っ暗になった。

◆

なんと理不尽な……と思っていると、今度は森の中にいた。

「問答無用か」

ぼそっと文句を言って立ち上がり、まずは辺りを観察する。

鬱蒼《うっそう》と生い茂る森林。気温は適温くらい。不思議なことに、近くに生き物の気配は全くしなかった。

山の中……とかか？　いや、森だというだけで山と決まったわけではないが。

というか女神のやつ、場所もある程度指定できると言ってたじゃないか。普通、こういうのって人がいる街の中に送ってくれるもんじゃないのか？

いや、よくよく考えるといきなり異世界人と話す自信もない。まずは山の中で異世界に慣れろということか。

うん、そういうことにしておこう。

「そうだとしても、いきなり山スタートはハードモードすぎると思うんだけど」

寝床はどうしようと思ったが、振り返ると木造のボロい小屋があった。

中に入ると、簡易的なベッドとテーブルがある。

しばらくはここを拠点とするか。

「というか喉が渇いたな」

喉がカラカラだ。

ここが本当に山の中だとしたら、小川くらいはあるだろうし……探しにいくか。いきなり脱水症状で死んでしまうのは嫌だ。

まだ混乱しているが、俺は小屋から出て山の中を探索する。

それにしてもさっきから、目線が低いような気がする。手足も短くて、動きにくい。これは直に慣れていくと思うが。

女神のやつ、「今の俺の年齢と同じ」に転生させてくれると言ったが、何歳に設定したんだ？

言わなくても、相手は女神だから分かるもんだと思っていたが……ポンコツ女神っぽいしなあ。また手違いが起こったのかもしれない。

そんなことを考えながらしばらく歩いていると、川が見つかった。

「これ、飲めるのか……？」

川の水を飲むのにはさすがに抵抗がある。

川をじっと眺めていると、不意に目の前に文字が浮かんできた。

《川の水……温《ぬる》いが、飲める》

「なんだこれは？」

そういえば女神のやつ、鑑定を使えるようにしたと言っていたな。つまり川の水を凝視することによって、鑑定スキルが発動した？

うだうだ悩んでも仕方がない。このまま川の水すら飲めなかったら、どちらにせよ異世界ライフは詰みだ。

俺は、覚悟を決めて両手で川の水をすくう。そして口に運んだ。

「旨い」

ただの川の水だが……喉が渇いていることもあって、水が全身に染み渡っていくようだった。

今のところは大丈夫だが、あとで下痢とかに悩まされないだろうか？　これぱっかりは時間が経ってみないと分からない。

水を小屋に持ち帰っておきたいな。ここまで、十五分くらい歩いた。水を飲もうとするたびに、ここまで来ないといけないのは面倒臭い。しかしこれは鑑定ではどうしようもなさそう。

「そうだ」

女神は言ってたじゃないか。錬金術のスキルを授けてくれたって。そもそも鑑定は錬金術の副産物だったはずだ。

しかしどうやって使えばいいんだろう？　それに錬金術といったら、無からなにかを生み出すわけでもなかろう。錬金術には、なにかしらの素材が必要なイメージがある。

しばらく辺りを観察していると、おあつらえ向きの太い枝が落ちていた。これを加工して、水筒とか作れないだろうか。

太い枝を握りしめ、しばらく悩んでいると、その枝が白く輝き始めた。それと同時に、体内からなにかが放出されていくような感覚が走る。

光が消え去った時、太い枝が形を変えていた。水筒……？の出来損ないのような形になっている。もっとも、底に小さな穴が空いていたり、形も歪《いびつ》で持ちにくかったが。

「もしかして、水筒をイメージしながら太い枝を持っていたから、錬金術が発動した？」

ならばこんな歪な形になってしまったのは、イメージが曖昧だったからだろう。

俺は再び同じような太い枝を拾ってきて、今度は強く水筒の形をイメージする。すると先ほどと同様に白い光を放つようになり、やがてそれが尽きた頃には、枝は形を変えていた。

《水筒……水を持ち運ぶことが可能となる。ただし５００ml程度。耐久性も低い》

「やった！」

思わず声を上げてしまう。

あまり質はよくなさそうだが……無事に水筒ができた。元が木ではあったが、まるで熟練の職人が加工した一級品のような、精巧な水筒に生まれ変わっていた。

早速俺は作った水筒の中に、川の水を入れる。うん、これだけあれば半日〜一日くらいは保つだろう。

さらに気付く。川の水に自分の顔が映っていた。

《人間……前世での名前は小林蓮次郎。女神の導きによって、異世界に転生した》

「これが俺……？」

自分の顔とは言ったものの、生前とは大きく変わっている。

年齢は十歳くらいだろうか？

黒髪が顔を縁取るように流れており、小さな唇がイチゴのように鮮やかだった。

瞳は黒曜石のように滑らかでありながら、夜空を照らす満月のように澄んでいる。肌は春の若葉のような瑞々《みずみず》しさを保っており、若さに溢《あふ》れていた。

可愛らしい男の子の顔だ。生前からは、年齢も顔の作り自体も全然違う。

おい、生前の俺の年齢に合わせてくれるんじゃないのか。

そういや、日本人というのは実際よりも若く見えると聞いたことがある。もしかしてあの女神、見た目で俺の年齢を判断したとか……？

童顔だとは前世からよく言われていたが、それにしても十歳というのはやりすぎな気がする。

水の心配もなくなり、女神に腹を立てていると、今度はお腹が空いてきた。

「木の実とかキノコくらいなら生えてないかな？」

俺は川の水を見た時のようにぐっと目に力を込めて、辺りを見渡す。

すると地面の下を示すかのように、このような文字が現れた。

《人参……土を払えば、食べられないことはない》

に、人参……？

近くに人はいそうにないのに、どうして人参が山の中に実っているんだろうか。人参ってそういうもんだっけ？

違和感はあったが、鑑定スキルを信じて文字が表示された地面の下を掘ってみる。本当に人参が出てきた。

「おいおい、マジか」

しかもスーパーとかでよく見る人参のまんまだ。一体、どういうことだってばよ……。

俺は人参に付いた土を川の水で洗い、試しに一齧《ひとかじ》りしてみる。

空腹は最高の調味料という言葉もあるように、腹が減っている今の俺には人参がとても美味しく感じた。

「というかよく見ると、他にも人参は生えているみたいだな。一応、何本か持ち帰っておこう」

錬金術で作った水筒の中には川の水。

さらには何故か生えていた人参を何本か。

俺はそれを持って、ひとまず先ほどの小屋に戻ることにした。

ベッドに腰掛けていると急激に眠気が襲ってきた。

「ダメだ……眠い」

できればもう少し山の中を探索しておきたかったが、眠気には勝てそうにない。睡眠も大事だろう。

「おやすみなさい」

俺はベッドで横になり、目を瞑《つむ》る。枕もないわ下も固いわでなかなか寝つけなかったが、やがて眠りに入った。

こうして俺の異世界ライフ一日目は終了したのであった。

◆

目を開けると、変わらずボロ小屋の中だった。

「夢オチ……っていう展開でもなさそうだ」

嘆いても仕方がないので、昨日の川のところまで行って顔を洗い、近くに生えている人参を何本か採集する。ついでに水筒に今日の分の水を入れておく。

小屋まで戻ってきて、テーブルの上に人参を並べる。贅沢《ぜいたく》は言ってられないのでこのままでもいいけど、ちょっと食べにくい。

「今日は錬金術のスキルを、色々と試してみよう」

いきなり異世界の山の中に放り込まれたのだ。現状、錬金術は俺の生命線だ。早いとこ、使い方をマスターしなくっちゃな。

山を下りることも考えたが、なにせ右も左も分からない状態だ。途中でのたれ死んでしまう可能性もある。せめてここで生活基盤を築いてから、下山したい。

俺は小屋から出て、錬金術で使えそうな素材を探し回る。

《石……ただの石》
《木の枝……ただの枝》

鑑定を使いながら歩き回っているが、目ぼしいものは見つからない。

そんなに上手くいかないか？

《石……ただの石》
《石……ただの石》
《鉄鉱石……鉄の素材となる石》

「お？」

今、一瞬違うメッセージが現れたような……。

先ほどのメッセージを頼りに、俺は地面に落ちている鉄鉱石を拾う。他の石と見た目はほとんど変わらない。

「これで包丁とか作れないかな？」

包丁があれば、人参をカットしやすくなる。

昨日のことを思い出しながら、鉄鉱石をぐっと力強く握る。

鉄鉱石が水筒の時と同じように輝いて、鋭利な刃物のようなものに変形した。

成功だ！

だが、このままでは使いにくい。

ただでさえ自炊なんかほとんどしてこなかったし、手を傷つけてしまうかもしれない。傷から変な菌が入ったら、治療法がない今は詰みだ。

どうやら、鉄鉱石だけでは俺の想像の中にある包丁は作れないみたいだな。

「他にも素材が必要になるっぽい」

そこで俺は先ほど見つけた木の枝を拾う。閃《ひらめ》いたのだ。もしかして、素材を組み合わせることができるのではないかと。

刃物と木の枝をくっつけるようにして持ち、先ほどと同じように念じる。

言葉にしづらいが、やはり体の内側にあるエネルギーが外に放出された感覚があった。

《包丁……よく切れる包丁。ただし切れ味はそこまで良くないので、固いものは切れない》

おお……！　やっぱり予想通りだったな。

俺は早速包丁で人参を一口サイズに切ってみて、口の中に入れる。

「旨い」

腹が満たされたのは言うまでもないが、それ以上に錬金術で包丁を作れたのがでかい。包丁は料理だけではなく、武器としても使えそうだからな。

そうだ。他にもなにか、錬金術で作ってみようか。

錬金術が成功して、俺も気が大きくなっていたんだろう。小屋から出る。

すると。

「え？」

驚いて、思わず声を上げてしまう。

草の茂みから二匹のウサギが飛び出してきたからだ。

初めての生き物だ！

一匹目のウサギは通常サイズだ。しかし二匹目のウサギは大型犬くらいのサイズがある。ウサギって、ここまで成長するんだろうか？

だが、二匹のふわふわの白い毛並みは見ているだけで癒される。丸くて柔らかそうな尾が、これまた可愛らしい。

二匹のウサギはつぶらな瞳で、じっとこちらを見ている。ウサギではあるが、一匹はめっちゃでかいので身構えてしまう。しかし襲いかかってくる気配はない。

というか、さっきから俺を見ているかと思ったが、どうやら二匹の目の焦点は別のところにある。それは俺の右手に握られている人参に……だ。

「もしかしてこの人参が欲しいってこと……？」

試しに、俺は人参を掲げてみる。二匹のウサギの顔は人参の動きに連動するように動いた。

やはりこの人参が目当てだったらしい。

「ウサギといえば人参だしね。まあ、いくらでも取れそうだし、あげちゃってもいいか」

そう思い、俺は恐る恐る二匹のウサギに近付いて、人参を渡してみた。大きい方のウサギが一礼し、人参を前足で受け取る。礼儀正しいウサギだ。

大きい方のウサギはもう一方のウサギに人参を渡す。小さい方のウサギの体じゃ、丸々一本の人参はちょっと食べにくそうだ。

「ちょっと待ってて」

健気すぎて見てられないので、俺は小屋に戻って人参を短冊切りにする。

食べやすいようにカットした人参を小さい方のウサギに渡すと、両手でそれを持って食べ出した。

可愛い。

大きい方のウサギにも余っていた人参を渡す。小さい方のウサギが食べているのを見て安心したのか、大きい方のウサギも人参を食べ出した。こちらはカットしなくても、十分食べられるようだ。

「もしかして、この二匹は親子なのかな？」

子ども（？）ウサギに人参を譲るような動作も見せたし……案外俺の予想は当たっているかもしれない。

ウサギ親子（親子かどうか知らないが）は人参を食べ終わって満足したのか、また茂みの方に消えてしまった。

「可愛かった。また会えるといいな」

去っていくウサギに手を振りながら、俺はそう呟《つぶや》く。


翌日。今日も川まで水を汲《く》みにいこうと小屋を出たら、昨日のウサギ親子が待ち受けていた。

え……？　もしかして、また人参が欲しいんだろうか。

「昨日の人参は俺たちで食べてしまったから、もうないぞ」

そう言ってみると、ウサギ親子は共にガッカリしたように項垂《うなだ》れた。言葉が分かるのか？

なんにせよ、ガッカリしているウサギを放っておけない。

「付いてきて。人参がいっぱい埋まっている場所を知ってるから」

俺が歩き出すと、ウサギ親子もあとから付いてきた。

やはりウサギ親子は、俺の言葉が分かるみたいだ。人参がもらえると思って取りあえず付いてきているだけという可能性もあるが……。

川のところまで辿り着いて、人参を掘り当てる。

というか、いくら人参を取っても一向になくなる気配がない。なんなら、昨日より増えている気がする。どういう仕組みなんだろうか……。

持参した包丁で子どもウサギのために人参を短冊切りにする。昨日と同じように、ウサギ親子に人参を食べさせた。

何本か人参を取り、そして水を汲み終わって小屋に戻ろうとすると、昨日とは違ってウサギ親子があとから付いてきた。どこかに行く気配はない。

「もしかして……懐いてくれた？」

だったら嬉《うれ》しい。餌になる人参はいくらでも取れるし。

懐かれたかどうかは分からないが、ウサギ親子とはこれから長い付き合いになりそうだ。

だったらいつまでも、子どもウサギ・親ウサギという呼び方もしてられない。名前を付けてあげよう。

白いもふもふな毛並みを眺めながら、ウサギ親子の名前を考える。やはり考えている間も、ウサギ親子は俺から離れようとしなかった。

「……子どもウサギの方はユキマル。親ウサギはシロガネっていうのはどうだ？」

俺がそう言うと、ユキマル（子どもウサギ）とシロガネ（親ウサギ）が同時にこくりと頷《うなず》いた。

どうやら気に入ってくれたっぽい。多分。

「これからよろしくな。ユキマル、シロガネ」

そう言って、二匹のウサギの頭を撫《な》でる。もふもふしている。野生……だよな？　野生のウサギなのに、不潔な感じもしない。

シロガネのサイズといい、不思議なことが多い。

その後、俺は二匹と一緒に夜を過ごした。

◆

異世界ライフ四日目。

山の天気は変わりやすいとはよく言ったもので、昨日はそんな気配が全然なかったのに、外は雨が降っていた。

「まいったな……」

俺、ユキマルとシロガネは小屋の中にいる。

小屋の中とはいえ、屋根もボロボロだから雨漏りが酷い。

というか大きな穴が空いている箇所もあるから、屋根なんてあってないようなものだ。

「これがずっと続くとなると、さすがに気が滅入るな」

俺だけならともかく、ユキマルとシロガネの二匹が風邪を引くのはダメなのだ。

しばらく我慢していると、ようやく雨がやんだ。しかしまた降り出しそうだ。俺は急いで小屋から出て、屋根を修繕できそうな素材を探し始める。

だが、これがなかなか見つからない。おあつらえ向きの木の枝を探してくるが、大きさが足りないのである。

「錬金術も万能じゃないってことか」

錬金術でものを作るためには、素材が必要になる。無からなにかを生み出すことはできないのだ。

——となると、残る手段は木を切り落としてそれを素材にするか？

しかしさすがに包丁で木を切り落とすのは現実的じゃない。包丁を何本もダメにするだろう。

仕方がない……木製の斧を作ることから始めようか。

そう思って、鉄鉱石を集めようとすると。

ドーンッッッ！

「え？」

大きな音が立って後ろを振り返ると、大木が倒れていた。なにか強い衝撃が与えられたようだ。

真っ先にウサギ親子を心配したが、それは無用だった。

倒れた大木の前に、親ウサギのシロガネが立っていたのだ。

「もしかして……シロガネがやったの？」

問いかけてみると、シロガネが一度頷いた。心なしか、顔がドヤっている気がする。

怪我はしていないんだろうか——そう心配しているのも束の間、シロガネは違う大木に頭から突っ込んでいった。

ドーンッッッ！

またもや大きな音が立った。

「シロガネ、めっちゃ石頭だな」

こんなに大きいのだ。ただのウサギだとは思っていなかったが、ここまでとは思っていなかった。それとも異世界のウサギはみんな、こうなのだろうか？　だとすれば異世界のウサギ、強すぎる。

なにはともあれ、素材はゲットできた。

俺は大木に手を当てて、木板をイメージする。すると大木から何枚かの木板が生成できた。

こんなには必要ないが、あって損はないだろう。

もう一本の大木、そして落ちている鉄鉱石を使って木釘《きくぎ》と金槌《かなづち》、さらにはハシゴを作った。

うーん、錬金術は万能じゃないと思っていたが、前言撤回。

ここまで簡単に加工できるなら、十分万能である。道具が揃《そろ》ってきたら、素材を採集するのも難しくなさそうだし。

早速、作った素材で屋根の補修に取りかかる。トントン……無心で木板を打ち続ける。

その間、ウサギ親子は地面からずっと俺を見守ってくれていた。

途中で気付く。これってもしかして、木釘とか金槌なんか使わなくても、直接木板を打ち付けることができないんだろうか？

試しに木板を持って、屋根の穴が空いている部分に当ててみて、念じてみる。

……ビンゴ。穴が空いていたとは思えないくらいに、キレイに屋根が補修できた。

「すげー」

錬金術様様だ。

その後、俺は錬金術を使い、なんとか屋根の補修を完了させた。

「ふう、取りあえずはこんなもんか」

一息ついていると、ポツリポツリと再び雨が降ってきた。急いでウサギ親子と小屋の中に入る。

今度は雨漏りはしなかった。

◆

雨を凌いだ俺は翌日、『食』について向き合うことにした。

「さすがに人参ばっかじゃ飽きる」

栄養も偏りそうだし。今まで水と人参で飢えを凌《しの》いできたが、さすがに限界だ。

最初は生きることしか考えなかった。しかしちょっと余裕ができてくると、もっと生活を豊かにしてみたい願望が出てきた。

「どうしたものか……下山してみようか？　だけど、危険があるかもしれないし……」

たとえば魔物。

まだいると決まったわけではないが、異世界といったら魔物というイメージがある。

錬金術で武器を作ることはできる――と思う。

しかしなにせ、俺は平和な日本で暮らしてきた人間。武器があったところで、魔物に立ち向かえるとは思えない。

そう悩んでいると、ウサギ親子が唐突に小屋から出ていった。

「どこに行くの？」

あの二匹はずっと俺にべったりだ。こうして自分から俺と離れることはなかった。

だから心配になって二匹の後を追いかけていると、やがて知らない場所に出た。ウサギ親子も立ち止まっている。

周りの風景は大して変わらない。気が滅入るような森林が続いている。とはいえ、二匹がなんの意味もなくここに来るとは思えない。俺は目に力を込めて、いつものように鑑定を使った。

《りんご……果物。食べられる》
《いちご……果物。食べられる》
《みかん……果物。食べられる》

「うおっ!?　マジか！」

というか鑑定なんて使わなくても、赤色や橙色《だいだいいろ》の果実が実っているのを発見できる。

こんな森の中に果物なんてあるわけがないという先入観で、すぐには分からなかった……。

試しに俺はりんごを摘み取ってみる。うん。瑞々しいりんごだ。美味しそうなりんごが、どうしてこんな過酷そうな環境下で育っているのか……。

だが、深く考えるのをやめる。だってここ、異世界だもん。異世界はそういうもんだって思うことにしよう。

りんごを齧ってみる。旨い。想像通りの味だ。人参しか食べてこなかったので、果物の甘みが余計に際立って感じた。

「ユキマル、シロガネ。俺をここに連れてきたかったということかな？」

聞いてみると、二匹はほぼ同時に頷いた。可愛い。犬や猫みたいに鳴かないんだろうか……と思うが、ウサギには声帯がないと聞いたことがある。そこは地球準拠なんだな。

「お前らも……ほら」

感謝の気持ちを込めて、近くのいちごをウサギ親子に渡してみた。二匹とも美味しそうに食べている。見ているだけで癒される。

人参に続いて、果物がある場所も発見できた。もしかしたら、他にも野菜や果物が実っているかもしれない。

そんなことを思いつつ、いくつか果物を持って小屋に帰るのであった。

◆

さらに日を跨いで。

次に——俺が目を付けたのは魔法だ。

女神は基本四属性魔法の適性も付けたと言ってくれた。その四属性とはなんなのかは分かっていないが、試してみる価値はある。

ぐっと力を入れてみる。すると錬金術を使った時と同様に、体の内側から外へなにかが放出される。

推測だが、この『なにか』は魔力のようなものだと思うのだ。魔力を放出した際に発せられる白い輝きも、そうだと言われればしっくりくる。

そしてあとは強くイメージすること。錬金術で大体感覚が掴《つか》めてきた。

すると手の平にライターくらいの小さな炎が灯った。

おお！　成功だ！

しかし一瞬点《つ》いただけで、すぐに消えてしまう。

「魔法といったら火属性はあると思ったから、使ってみたけど……どうやら当たりだったみたいだ」

本当に異世界にやってきたんだなあとしみじみ思う。

よーし、この調子でガンガン使っていこう。このまま鍛えていけば、ゆくゆくは魔法使いとして魔物と戦えたり？

同じように何度か火魔法を使ってみる。だけどやはり一瞬しか点かない。もう少し火を大きくするイメージで……だな。

魔法が使えるようになって、楽しくなってきた。だから調子に乗って、一心不乱に火魔法を使い続けた。

しかしそれがいけなかった。

「あ」

立ちくらみがする。目の前が真っ暗になる。

ダメだ……これ、社畜時代に三徹した時と同じ感覚だ。そのまま意識がブラックアウトする。


目を開けると、ウサギ親子が心配そうに俺を見守ってくれていた。

どうやら俺は気を失っていたらしい。

「頭が痛い……」

それに倦怠感《けんたいかん》も酷い。立ち上がるのも辛かった。

むむむ。そういや、休憩もなしに魔法を使いすぎた気がする。もしかして、そのせいで魔力切れを起こしてしまったんだろうか？

錬金術をたくさん使っても、こんなことにはならなかった。基本四属性の魔法とでは、魔力の消費量が違ったのかもしれない。

前世でラノベを読み漁っていてよかった。予備知識もなしに異世界に放り込まれていたら、訳が分からず取り乱していたかもしれない。

シロガネが「調子に乗りすぎたらダメですよ」と言わんばかりに、俺の顔をじっと見つめていた。すみません、気をつけます。

とはいえ、魔法を使うことができれば簡単に火をおこせるようになるし、これから徐々に鍛えていこう。そう思った。

◆

それから一週間ほど経過した。相変わらず俺は山の中から移動していない。

暇を見つけては山の中の探索もしている。その結果、人参と果物以外にも食べられそうな野菜やキノコも見つけた。食環境が豊かになっていく。

あっ、そうだ。もう一つ、気になるものを見つけた。

《火の魔石……火属性の魔法をパワーアップさせることができる。錬金術の素材として使用することも可能》

魔石だ。しかもかなり有用そう。

しかも見つけたのは火の魔石だけではなく、他に『水』『雷』『風』の魔石も見つけた。というか、小屋から少し離れた場所にいっぱい落ちていた。

これらが基本四属性といったところだろうか？　試しに火以外の属性も使ってみた。水は水鉄砲くらいの量が出たし、雷は一瞬ビリッとした。風はそよ風程度なら吹かせられた。

え、俺の魔法しょぼすぎ……火魔法は少しばかり成長して継続時間が延びたが、相変わらずライターくらいの火しか点かない。

だが、魔法をたくさん使っても疲れにくくなった気がする。使いまくったら、魔力量が増えたりするんだろうか？

「というか……俺、臭くなってきたな」

くんくんと自分の右腕を嗅いでみる。匂いには鈍感な方の俺でも、ちょっと気になるレベルだ。

川の水で体を拭いていたりしたが、やはり日本人の俺としては風呂に入りたい。

贅沢すぎるだろうか？

でもせっかく異世界に転生したんだから、快適に過ごしたい。

「今はまだマシだけど、これから寒くなってきたら風邪を引くかもしれない」

よーし、今日は風呂を作るぞ。思い立ったが吉日。さっさと行動に移ろう。

「シロガネ、手伝ってくれるかな？」

俺がそう言うと、シロガネが素直に頷いた。ユキマルも「僕も頑張るよ！」と言わんばかりに、ジャンプしていた。

シロガネの頭突きで何本か大木を倒していく。ここまでしてくれればあとは俺の錬金術でどうとでもなる。

木の風呂釜を錬金術で作る。あれから、錬金術の使い方はさらに上手くなっていって、これくらいならすぐに作ることができる。

他の基本四属性の魔法も、これくらい使えるようになればいいなあ。

しかし女神は基本四属性の魔法については、『おまけ程度』と言っていた。チートなのは錬金術だけかもしれない。

あとは風呂釜をお湯で満たすだけだ。

しかしどうする？

さすがに風呂釜を満たすくらいに水を汲んでくるのは骨が折れるし、それを沸かすとなったら日が暮れてしまう。

だからといって、ここまできて風呂作りを諦めるわけにもいかない。

「そうだ」

魔石があった。まだ使ったことがないが、これで水魔法と火魔法をパワーアップさせたら、お湯を生成することくらい簡単なのでは？

水の魔石を持って、ぐっと力を入れてみる。すると水の魔石が青色に輝き出した！　そのままイメージを続けていると、風呂釜を水いっぱいで満たすことができた。成功だ！

しかし水の魔石が輝きを失って、なんの変哲もない石になっている。

鑑定してみても、ただの石のようだった。

「魔石は使い切りってわけか」

まあ魔石なら、そこらへんにいくらでも落ちているから、困らないけどな。

そして今度は火の魔石を握る。力を込め……というか魔力を放出すると、魔石が赤色に輝き出した。

イメージ、イメージ……魔法も錬金術もイメージが大切だ。俺は水の温度を上げ、風呂を焚《た》くイメージをする。

さすがにこれは難しかった。何度も失敗して、魔石を無駄遣いしてしまった。

これがラストチャンスかな……魔石はまだいっぱいあるが、そろそろ俺自身の魔力が切れてしまいそうな気がする。

火の魔石が輝きを失う。これで十回目のチャレンジだった。だが、今度は水……のはずの液体から湯気が立っているのが見えた。

「お？」

恐る恐る液体に手を付けてみる。すると見事に温かくなっていた。お湯だ！

しかも丁度いい温度になっていた。俺は早速服を脱いで、風呂に足を入れる。こんな山中で素っ裸になるのはいささか抵抗があったが、まあいっか。直にこれも慣れる。

「はあ〜〜〜〜〜。生き返る」

久しぶりの風呂で、俺は思わず呆《ほう》けた声を出してしまった。

体がとろけていくようだ。日々の疲れと汚れが取れていく。

「ほら。ユキマルとシロガネも」

俺はくいっくいっと手招きするが、ウサギ親子はお風呂に入ろうとしない。前世で実家の猫が、風呂を怖がっていたことを思い出す。

だが――俺はウサギ親子にも、この気持ちよさを堪能してもらいたい！

そう思った俺は少しずつお湯で、ウサギ親子の体を洗ってあげた。最初は恐る恐るといった感じだったが、最終的には二匹とも気持ちよさそうな顔をしていた。

ウサギ親子も風呂を気に入ってくれたようだ……多分だけど。

周囲はすっかり暗くなっている。

夜空のベールの下で、星々はひときわ明るく輝き、その光は木々の間を縫うように地上に降り注いでいた。

宝石箱が逆さまにされたように、無数の星々は無造作に散りばめられている。

それらはまるで、夜空のダンスフロアを彩るダンサーのようだった。

前世では、日々の生活を漫然と過ごし、こうしてゆっくり星空を眺めることもなかった。

そもそも、ビルが立ち並び環境汚染が進んでいる街中で、こんなに美しい星空を拝むことができたんだろうか？

人々が忙《せわ》しなく勉強や仕事に追われ、余裕がなかった地球での光景を思い出し、前世のことが少し懐かしくなった。

◆

転生してからさらに一ヶ月が経った。

俺はこの間、錬金術と魔法の腕を磨いていた。

錬金術で椅子や草布団を作り、小屋の中の家具を充実させた。

今では転生した頃とは比べものにならないくらい、快適に過ごせている。

ただ、基本四属性の魔法は相変わらずだった。しかし手の平の上に乗る程度の火球を作り出して、それを飛ばすことができるようになった。弱い魔物くらいであれば、対処できそうだ。

そして、生活に余裕もできてきたことで、俺はさらなる欲望に駆られることになった。

「肉が食べたい……」

異世界に来てから、野菜と果物、キノコしか食べていない……そろそろ動物性タンパク質が欲しい。なんかちょっと、イライラしやすくなったような気がするし。

今なら下山を試みても大丈夫か？　魔石があったら、魔法もパワーアップさせられるし魔物にも対処できる。野菜と果物を食べつつ下山すれば、さほど危険はないのでは？

いや……山の危険はそれだけではない。足を滑らせて崖から落下してしまうかもしれない。

少し慎重すぎるか？と悩んでいると……。

『ああー、すみませ～ん』

どこかで聞いたことのある声が頭の中に響いてきた。

誰だ……と思うが、すぐに気付く。俺をこんなところに連れてきた女神の声である。

『本当は街の中に転移させるつもりが……座標を間違って、こっちに転移させちゃいました。手違いです』

「また手違いか」

『はい。またなのです』

この女神……大丈夫なんだろうか。俺が転生する経緯もそうだし、ちょっと手違いが多すぎないか。

『こんなところでは、色々と不便だったでしょう。すぐに街の中に転移させますね』

「待って。こっちにも準備があるから。それに……ここもそこまで不便じゃなかったし」

肉を食えないのはマイナスポイントだが、錬金術のおかげで随分生活レベルも向上しているし。

それにウサギ親子はどうする？

連れていくか？

……いや、山の外はどんな危険が待ち受けているか分からない。安全を確認できるまでは、この山の中の方が安全だ。

『ああー、心配しなくても大丈夫ですよ。街とここに転移ポイントを作りますので。あなたが念じれば、すぐに山と街を行き来することができます』

「じゃあ、いつでも戻ってこれるってことか」

よかった。

街中である程度生活基盤を築く必要はあると思うが、この場所もそれなりに捨て難い。

ここは実家みたいなものとして捉えればいいか。

『ただ、それだけでは申し訳ないので、アイテムバッグもプレゼントしますね。無限にものを入れられます。どうぞ』

女神がそう言うと、俺の目の前に袋が現れた。

見た感じ、ものを入れたらすぐにいっぱいになりそうな、なんの変哲もない袋だ。

あまりにも普通の袋と変わらなかったので、女神の言葉を疑う。俺の中でこの女神、いまいち信頼できないし。

『早速街中に転移させちゃいますね』

「話が急すぎる。ちょっと待ってくれって」

『はい、待ちます』

急いで果物と人参をいくつか、そしてありったけの魔石をアイテムバッグの中に詰め込む。

結構詰め込んだというのに、アイテムバッグがパンパンになる気配はない。ちょっと袋が膨らんでいるくらいで、まだまだ中にものを入れられそうだ。

どうせなので、錬金術の素材として使えそうなものも入れていく。

……うん。これくらいで十分だろう。

「ユキマル、シロガネ。俺は街に行ってくるよ。お留守番できる？」

転移する前にウサギ親子に問うと、二匹ともこくりと頷いた。でも瞳がうるうるしていて、寂しそう。

ごめんよお。落ち着いたら、すぐに戻ってくるから。

『では、今度こそ転移開始です。私も忙しくって……これ以上待てませんので』

「ちょっ」

まだ心の準備はできていないのに！
しかし問答無用。転移が発動して、体が光に包まれた――。

第二話　山を下りて冒険者になりました

気付いたら俺は、広大な平原の上に立っていた。

あの女神、街の中に転移させると言ったのに……。

「また失敗したのか……」

これだけ手違いが多いとなると、怒りを通り越して心配になってくる。

ともあれ、ようやく山から出られた。

見上げると、鮮やかな青空が広がっていた。

平原は目立った木々はなく、風に揺れる草花の姿が、静かな自然の美しさと調和を感じさせる。

人々が何度も往来している証とも取れる、キレイな道が舗装されていた。

しばらくその道を歩いていると、遠目から微かに街らしきものが見える。そこを目指してさらに歩いて、ようやく到着。

結構大きそうな街だ。街を囲むようにぐるりと高い壁が、空に向かって伸びている。

街中――という約束は果たされなかったが、どうやら近くには転移できたようだ。

中にはどのくらいの人々が暮らしているんだろうか？　村といった規模ではなさそうなので、

中規模の都市並みの人口はあるんじゃないかと思う。

街中に入れそうなところを探していると、大きな門を発見。

門の前には門番らしき男がいて、俺を見つけるなりこう言い放った。


「止まれ」


剣呑《けんのん》な雰囲気だが、異世界に来て初めて見る人間に、俺は感動していた。

おー、鎧《よろい》を着ている。そして、長い槍《やり》のようなものを持っていた。映画や漫画の中でしか見たことがない姿だ。

こういうのを見ると、本当に異世界に来たんだなって実感が湧いてくる。

「……なんだ？　さっきからジロジロと見て。俺の顔になんか付いているか？」

「いえいえ、そんなことは」

怪しまれた。すみません。

「それにしても……どうして子どもがこんなところにいる。この街の者ではなさそうだし……」

「分かるんですか？」

「当然だ。門番たる者、住民の顔はほとんど頭に入っている」

なかなか働きものの門番だ。そりゃそっか。不審者が街に紛れ込んだら、この人のせいにされるんだし。

「実は……親に捨てられまして。命からがら、この街に辿《たど》り着いたんです。もう三日は果物と草しか食べていません。入れてくれませんか？」

　こういうことも聞かれると思ったので、事前に理由は考えてきた。果物と草（野菜）しか食べていないのは本当だし。まあ『三日』どころか、一ヶ月以上はそうだったわけだが。

　少々苦しい理由だったか？

　しかし門番の男は右手で顎を撫でながら、こう言った。

「なるほど……な。身につけている服もそうだし、なにより君からは高貴さを感じる。落とし子か」

「落とし子？」

「分かった。だが、街の中に入るのは入街料《にゅうがいりょう》が必要になる。五万イェンだ。持っているか？」

　俺の質問には答えてくれなかったな。まあいいけど。

「いいえ」

　首を横に振る。山から下りてきたばっかりなんだ。持っているはずがない。

「だったら、俺が立て替えといてやる」

「い、いいんですか？」

「まあ、子ども相手にお金を取り立てるほど、俺も悪魔じゃないさ。君にも事情があるようだしな」

門番さん……！

強面《こわもて》でちょっと怖そうだなと思っていて、ごめんなさい。この人、めっちゃ良い人だ。俺が子どもだったから、警戒心が緩くなっているというのもありそうだが。

「だが、一つ条件がある」

「なんでしょうか？」

「冒険者になれ。知っていると思うが、冒険者は街のなんでも屋みたいな存在だ。子どもの君でも仕事にありつくことができるだろう。それに冒険者ライセンスは身分証にもなる。この街で暮らそうと思っているなら、きっと役に立つ」

冒険者。

異世界ファンタジー小説にありがちな職業が出てきたな。だが、俺みたいな身分不詳な男が稼ぐとなったら、それくらいしかないだろう。特に不満はない。

「分かりました」

「助かる。今、この街は冒険者不足だしな。ちなみに……君はなにか特技とかあるのか？」

「一応、魔法が使えます。あと、錬金術でものを作るのが得意です」

門番は目の色を変えて。

「おお……！　魔法が使えるのか。しかも、ものを作れるとなったら手先も器用そうだな。錬金術ってのがなんなのか、俺には分からないが――仕事には困らないよ」

「どうも」

「そして冒険者として稼いだら、俺に金を返しにこい。君がまずやるべきことは、そんなところだな」

「はい」

門番の言葉に、俺は頷く。

「よし。ようこそエスペラントへ。じゃあ、冒険者ギルドは……」

どうやら街の名前はエスペラントというらしい。

その後、門番からギルドの場所を聞いて、街の中に入る。

するとそこには西洋ヨーロッパのような光景が広がっていた。

石畳の道路が敷かれており、頑丈な石と木材で組み立てられたであろう建物が並んでいる。

住民たちは、シンプルだが機能的な衣服を身に纏《まと》っている。まるで映画の中に紛れ込んだみたいで、不思議な感覚を抱いた。

街中は市場が開かれていて、活気に満ちている。その雰囲気に釣られて、自然とテンションが上がってしまう。

異世界の街に目移りしてしまいそうになるが、まずは冒険者ギルドを目指そう。

親切な門番にお金を返さないといけないし、山に残してきているユキマルとシロガネのことも心配だ。

やるべきことから目を逸らして、観光するわけにもいかない。

やがて大きな建物の前に着く。

看板には見たことがない文字が書かれていたが、何故だか『冒険者ギルド』と読むことができた。

そういや、さっきの門番にも話が通じていたよな。異世界で日本語が通じるわけないのに。もしかして、女神が密かに翻訳スキルでも付けておいてくれたんだろうか。そうだとしたら、ちょっと彼女のことを見直した。

ギルドの扉をくぐる。中の人たちがジロジロと俺を見ている。俺はその視線に耐えながら、ギルドの受付の前に立った。

「こんにちは」

「はい、こんにちは。君みたいな小さい子が、どうしてここに？」

女性が対応してくれた。

胸のところに『アリシア』と書かれた名札が付けられている。歳は……二十歳ちょっとくらいに見える。美人だ。

「俺、親に捨てられてこの街に来たばっかりなんです。それで冒険者になりたくって。それに門番さんにもお金を返さないといけないから」

「あら……落とし子というわけですか。最近、多いですね」

また出てきた、落とし子。一体どういう意味なんだ。

「すぐに冒険者の手続きに入ります」

俺は差し出された紙を受け取り、必要事項を埋めていく。

これも不思議なことに、どう文字を書けばいいか頭に入っている。読むだけではなく、書く方もサポート万全というわけか。

名前は……小林蓮二郎と書くわけにはいかないので、『レン』と記入。

年齢は十歳でいっか。特技欄には『魔法』と『もの作り』と。

「書きました」

「ありがとうございます。キレイな字ですね。では……次は試験を受けてもらいます」

「試験？　もしかして、それに合格しなきゃ冒険者になれないんですか？」

「いえ――試験結果に関わらず、冒険者になることはできます。ただ……冒険者は魔物と戦うことも多い職業。冒険者が不用意に死なないように、ギルドがその人の適性を計るんです。そのための試験です」

なんとなく分かっていたが、やっぱりこの世界には魔物が存在しているようだ。

今まで出くわさなかったのが奇跡なのかもしれない。

あの山の中に魔物が棲息《せいそく》していないだけかもしれないが。

「分かりました。試験はどういうものですか？」

「金ランクの冒険者と模擬戦をやってもらいます。あっ、ちなみに金ランクというのは……」

アリシアさんから説明を受ける。

冒険者は五つにランク分けがされており、銅、銀、金、白金、黒金の順番で高くなっていくらしい。

初めはよほど優れた実力がない限り、誰もが銅ランクスタート。金ランクといったら、丁度真ん中のランクだ。

試験官は中堅の冒険者といったところか。ということは、戦い方もある程度熟知しているだろう。俺みたいな戦いの素人が、そんな人と戦って大丈夫か？

そんな心配が顔に出てしまっていたのか、アリシアさんが「くすっ」と小さく笑って、説明を続けた。

「もちろん、試験官の冒険者は手加減もしますし、あなたに怪我をさせたら罰則もあります。それに……今からあなたが戦うのは、グレッグさんという人。仕事にも真面目で、人柄も温厚。そしてなにより、面倒見がいい。なにも心配する必要はありませんよ」

「よ、よかったです」

それにしても……終始、アリシアさんは微笑ましそうな視線を俺に向けている。

一瞬、俺に気があるのか……？と思いかけるが、そういった種類の目線ではない気がする。

どちらかというと、可愛い犬猫を愛でているような目線だ。

「試験会場はギルドの中庭です。場所は――」

◆

アリシアさんの案内で、ギルドの中庭に場所を移した。

そしてしばらく待っていると、一人の男が姿を現した。

「わりぃ。待ったか？」

「いえいえ、急に試験官をやってもらうことになったんですから。俺がこれくらい待つのは、至極当然の話です」

「そうか。アリシアから話は聞いていたが、随分と育ちの良さそうな子どもだ。落とし子というだけある」

そう言って、男は俺に手を差し出す。

「俺はグレッグ。今からお前と模擬戦をする試験官だ。よろしく頼む」

「レンです」

彼――グレッグさんと握手を交わす。

グレッグさんはがっしりとした体格の人で、いかにも冒険者といった感じの佇《たたず》まいだ。

歳は三十半ばといったところか……？　短く切り揃えられた髪が彼の真面目さを表しているよう。

一見、厳《いか》つい見た目ではあるが、その目の奥には優しさが宿っている気がする。そのおかげで恐怖を感じることなく、俺は彼の前に立てた。

「そういや、お前——レンは魔法が使えるんだったな」

「大したもんじゃありませんよ」

「いや、その歳で魔法が使えるだけでも大したもんだ。じゃあ、試験では魔法を使っていいぞ。これは、総合的な戦闘能力を見るための試験だからな。あと、もし戦いに役立ちそうな道具があったら、それを使ってもいい。適材適所で道具を使いこなせるかどうかも、冒険者として大事な能力の一つだ」

「いいんですか？　グレッグさん、怪我しますよ？」

「ははは！　心配してくれて、ありがとう。だけどまだ冒険者になってもいないない子ども相手に、怪我なんてしないさ。存分にかかってくるといい」

笑い飛ばされる。

本当に大丈夫かな……だが、グレッグさんがそう言っているんだ。下手に手加減する必要はない。

「準備ができたら、いつでもかかってこい」

「では、早速……」

そう言って、俺はおもむろにアイテムバッグから火の魔石を取り出す。

「ん？」

グレッグさんが不思議そうな顔をした。

火の魔石が輝く。

「参ります」

「ちょ、お前。それ、もしかして魔石なんじゃゃ――」

グレッグさんが言い終わらないうちだった。

俺は火魔法をグレッグさんに発射する。灼熱《しゃくねつ》の炎がグレッグさんに向かって、伸びていった。

ギリギリのところでグレッグさんは回避する。

「ま、待て！　魔石持ちなんて聞いてねえぞ！　いくら落とし子でも――」

「どんどんいきますね」

畳みかけよう。

次に水魔法を一気に噴射する。もちろん、水の魔石でパワーアップさせている。水の弾丸はグレッグさんに勢いよく当たり、彼は後方に吹っ飛ばされた。

「だ、大丈夫ですか⁉」

地面に倒れているグレッグさんを見て、さすがに心配になって駆け寄る。

彼は倒れたまま、親指をぐっと突き立て。

「だ、大丈夫だ……しかしそれにしても、お前が使っているのは魔石か？」

「はい」

「ちょっと見せてもらえるか？」

断る理由もないので、新しい火の魔石を取り出してグレッグさんに手渡す。

「……マジの魔石だ。しかもかなり上質なもの。お前……なんで、こんなもんを持ってんだ」

「山にいっぱい落ちてたので」

「山？」

あっと思い口を塞ぐが、時既に遅し。

「……まあ、落とし子なんだから色々と事情があるんだろう。詮索するつもりはねえ。これは忠告だが……魔石のことは、軽率に言わない方がいいと思うぞ」

「そうなんですか？」

「魔石なんてのは、なかなか手に入らないからな。それにこんだけ上質なら、変なやつに目を付けられるかもしれない。この街――エスペラントで平和に暮らしていきたいなら、黙っておくのがいい」

なかなか手に入らない？

マジか……あの山にはいっぱいあったが、それは特殊だったということか？　まあ、バランスブレイカーすぎるアイテムだと思っていたが。

中堅冒険者のグレッグさんの言うことだ。素直に聞いておこう。

「分かりました」

「良い子だ」

そう言って、グレッグさんは俺の頭を撫でてくれる。

「試験は終わりだ。お前の実力は分かったしな。受付まで戻ろう」

◆

その後、俺は名前を呼ばれるまで受付がある場所で待っていた。どうやら、グレッグさんと受付嬢のアリシアさんが、色々と手続きをしているらしい。

しばらくして、アリシアさんに名前を呼ばれた。

「……はい。これがレンさんの冒険者ライセンスです。紛失したら再発行時に手数料が必要になりますから、失くさないように持っていてくださいね」

彼女から冒険者ライセンスを受け取る。ライセンスは運転免許証のような見た目だった。

冒険者ランクの欄には『銅』と書かれている。まずは一番下からスタートというわけか。

「おお、ライセンスができたか。おめでとう。俺は銀ランクスタートでもいいと思ったんだが……さすがにお前の魔法はあれに頼りすぎている。まずは銅から、着実に実績を積み重ねていきな」

グレッグさんもやってきて、俺を祝福してくれた。

あれ？　ああ、魔石のことか。他の冒険者に聞かれないように、わざと言葉をぼかしてくれたんだろう。

「ありがとうございます」

「ふむ……相変わらず、礼儀正しい子どもだ。だが、これは俺からの忠告パートツーで、丁寧な言葉遣いはやめた方がいいと思うぞ」

「そうなんですか？」

「舐《な》められるからな。ただでさえお前は子どもだ。足元を見られる。まあ、貴族と話す場合は別かもしれんが。受付嬢のアリシア相手でも敬語じゃなくて大丈夫だろう。お前は育ちが良すぎる。落とし子とバレたらトラブルが起きるかもしれないし、これからはなるべく自然体で話すように心がけろ。俺のことも呼び捨てでいい」

そういうものなのか。

だが、一理ある。前世だって、若いと思ったら露骨に舐めてくる年配者がいた。

冒険者といったら、誰かと戦うこともある職業だ。不用意に侮られるのは避けた方がいい。

「分かりました……じゃなくて、分かった。ありがとう」

「どういたしまして」

にかっと笑みを浮かべるグレッグさん――じゃなかった。グレッグ。

「それでお前、これからどうするつもりだ？」

「門番に入街料を立て替えてもらっているんだ。まずはさっさとそのお金を返したい。あと……肉が食べたい」

「だったら、魔物を狩ってみるか？　魔物を倒した際に得られる素材は金になるし、肉が食いたいっていうお前の願望も叶《かな》えられる」

「魔物の肉なんて食べられるの？」

「ん？　当たり前だろ。落とし子だからなのか……お前はちょいちょい常識を知らないところがあるな」

一ヶ月ちょっと前に異世界に来たばっかりだからな。まあ言っても信じてもらえないし、無用なトラブルは避けたいので言うつもりもないが。

「だったら、魔物を狩りたい」

「よっしゃ。だったら、俺が付いていってやるよ。いくらお前が強くても、初めての魔物討伐なんだろ？　心配だしな」

「いいの？」

「問題ない。色々と教えてやるよ」

バンバンと力強く俺の背中を叩《たた》くグレッグ。

力が強すぎるせいで、ちょっと痛い。

「だったら、お願いします……いや、違ったな。お願いする」

「ははは！　なかなか様になってきたな。まあ直に慣れる」

そう言って、グレッグは考え込む素ぶりを見せる。

「……となると、まずは装備品を整えなくっちゃな。金の心配はいらない。金は貸してやる。今すぐ装備屋に行って……」

「ああ、その心配ならいらないよ」

「……？」

首を傾げているグレッグさんを尻目に、俺はアイテムバッグから鉄鉱石と木片を取り出す。

「お前、一体なにを――って、おいいいいい⁉」

グレッグさんに説明するより早く、俺は錬金術でちゃちゃっと剣を作ってしまう。

……うん。あまり切れ味はよくなさそうだが、即席で作ったにしては上出来だろう。

「なんで剣ができてんだ⁉」

「ん？　錬金術を使っただけ――」

「わわわ！」

グレッグは慌てて、俺の口を塞ぐ。

「こ、こんなところで不用意にペラペラと喋《しゃべ》んじゃねえ。とにかく、ここは人が多すぎる。街を出るぞ！」

どうしてそんなに取り乱しているんだか……最初は落ち着いた雰囲気の冒険者だと思っていたが、意外とそうでもないかもしれない。

グレッグに引きずられるように、俺はギルドを後にするのであった。

◆

「……なるほど。お前は素材があれば、錬金術でなんでも作れると」

「なんでも——かは、まだ分からないけど。俺、おかしなことを言ってる？」

「言ってる」

そう断言するグレッグ。

今、俺たちは街を出て平原に来ている。ここでグレッグが魔物狩りを手伝ってくれるというわけだ。

「錬金術っていうのは失われた技術なんだぞ」

「そ、そうなの？」

「ああ。大昔には使えるやつもいたそうだが……今となっては、誰も使えねえ」

「どうして、こんなに便利な技術が失われたんだ？」

「さあ？」

とグレッグは首を傾げる。

「じゃあ、中堅冒険者グレッグからのありがたい忠告パートスリーだ。錬金術は……」

「分かってる。なるべく人には見せない方がいいんだよね？」

「そうだ。錬金術がどれほどのものか未知数だが、これから――どうするか決めるのが先だ。魔法都市にでも行って、成り上がるつもりなら別だがな」

これからどうするか……か。

俺は平穏無事に暮らせればそれでいい。成り上がり？　そんなことより、生活を向上させたい。

古今東西、優れた力を持つ者は忙しくなるし。前世は社会人生活ですり減らされていたから、今回の人生はのんびり暮らしたい。

ならば、錬金術は自分の生活を向上させるために使おう。あと、困っている人がいたら人助けしてもいい。

どちらにせよグレッグの言う通り、錬金術についてはしばらく見せる人を選ぶべきだろう。

「忠告ありがとう。俺はのんびり暮らしたいから、錬金術は慎重に使おうと思うよ」

「おう、それがいい。全く……自分で言うのもなんだが――初めて出会った冒険者が俺で、本当によかったな――っと」

グレッグがそう言葉を続けようとしたが、前方からまん丸と太った鳥のような生き物が飛んできた。

「あれはファットバード。魔物だ」

おお、異世界に来て初めての魔物と遭遇だ。あまり強くなさそうだが……魔物であることには変わりない。油断せずにいこう。

「取りあえず、戦ってみろ。大丈夫。危なくなったら、すぐに手を貸すから」

「うん」

そう頷いて、俺は火の魔石を取り出してから火魔法を放つ。

火球が当たり、ファットバードが地面に墜落した。

「……よし。ちゃんと死んでるな。初の魔物討伐おめでとう」

「意外とあっさりだった」

「それはお前が強すぎるんだよ。そんな上質な魔石を惜しげもなく使ったら、ファットバード一匹ごとき楽勝だ」

とグレッグは苦笑する。

「よし、まだ余裕そうだな。他のファットバードもこの調子で狩っていくぞ」

「おっけ」

　ファットバードは次から次へと湧いてきた。グレッグいわく、ファットバードは弱いが、繁殖力が高い。いくら狩っても無限に出てくる――ということらしかった。

　その割には女神の手違いで街の外に転移させられて、門に辿り着くまで一匹もファットバードに遭遇しなかったな。運がよかったということだろう。

　その後、俺はノンストップでファットバードを狩り続けた。

　一匹のファットバードを倒すのに、一個ずつ魔石を使っていると「もったいないことを……」とグレッグが呟いた。

　山に帰ったら、いくらでも魔石があるからね。出し惜しみする必要はないのだ。

　あと――せっかく剣も作ったので、火魔法でファットバードを落としてから、剣で攻撃してみたりした。

　こっちの方はどうやらグレッグの想定範囲内だったらしく、「筋はいいが、素人の剣だな」と評価をもらった。ちょっとガッカリ。

「……まあ、これだけ狩れば十分か」

　今日だけで三十匹もファットバードを倒した。

　ファットバードの亡骸はアイテムバッグに収納している。まだまだ入りそうだ。というか限界なんてないかもしれない。

「大したもんだ……というか、予想以上だな。魔物を狩るのは今日が初めてなんだよな？」

「もちろん」

「初の戦いで、三十匹もファットバードを狩るとは……お前なら近い将来、最高ランクの黒金冒険者になれるかもしれん」

と腕を組んで、感心した様子のグレッグ。

だが、俺はそんなものを目指すつもりはない。黒金ランクになったら、面倒な依頼を押し付けられそうな気がしたからだ。

「お前の目的は魔物を狩るだけじゃなかったんだったな？」

「うん。肉が食べたい」

「じゃあ、ファットバードをここで食うか」

「街まで戻らなくてもいいの？」

「安心しろ。ファットバードを狩りすぎたせいで、近辺の魔物が俺たちを警戒している。しばらくは襲われないはずだ。それに……街まで我慢できないだろう？」

グレッグがニヤリと笑みを浮かべる。

俺、そんなに腹が減った顔をしてただろうか？　いや、実際胃に穴が空きそうなくらい空腹なんだが。

俺たちは平原で火をおこし、ファットバードを焼いた。火の魔石と魔法があれば、楽勝だ。

ついでにアイテムバッグから素材を取り出し、お皿やコップも錬金術で作る。

「錬金術……って、すごいんだな。こんなことできるなら、冒険者じゃなくても生活していけるじゃねえか」

「グレッグ。そんなことより、早く食べよう」

「おお、そうだったな」

剣でファットバードの肉を食べやすいように切り分けて、いざ実食。

う、旨い！

涙が出そうだ。ちょっと臭みは残っているが、味は鶏肉に似ていて十分食べられる。

肉汁ですら旨い。久しぶりの動物の脂は、こんなに美味しかったのか。

「ファットバードの肉を食べたくらいで、そんなに幸せそうな顔をするとは……やっぱり、お前はよく分からねえやつだよ」

グレッグがそんな俺を見て、頭をポリポリと掻《か》いた。

◆

その後、俺たちは街に戻って、ギルドでファットバードの素材を換金した。

「本当によかったの？　グレッグの分の金はいらない……って」

「いいんだ。良いもん見せてもらった」

「でも、解体もやってもらったし……」

「だから、いいって！　そうだな……」

グレッグは一頻《ひとしき》り考え込んでから、こう続ける。

「分け前がいらないのは今回だけだ。次回からは、ちゃんと分け前をもらうことにしよう」

「ん？　今日だけじゃなく、また付き合ってくれるってこと？」

「ああ。お前からはなんか、目が離せないからな」

グレッグ、本当に良いやつだな……親切すぎて裏があるんじゃないかと勘繰ってしまいそうになるが、彼の表情を見るにとてもそうとは思えない。

ここはグレッグの言葉に甘えよう。

「助かる。今日だけじゃ、門番への借金を返せなかったから。明日も同じように魔物を狩らないと……」

ファットバードの素材を大量に換金しても、借金の半額程度にしかならなかった。

とはいえ、初日でこれだけ稼げるのは驚異的なことらしいのだが。

「ははは！　働き者は出世するぜ」

「出世はしたくないって」

「まあそれはおいおい考えろ。そんなことより飯を食いにいこうぜ。もっと良い肉を食べさせてやる」

本当のところを言うと、ユキマルとシロガネのことも気がかりだったが……肉と言われたら、断れるはずもない。

ギルドを出ると、外はすっかり暗くなっていた。夜なのに、街中はまだ活気がある。

俺はグレッグ行きつけの居酒屋に連れていってもらった。『炎と鉄の盃《さかずき》』という名前の居酒屋だ。

酒を頼もうとしたが、この国では成人になるまで飲酒が禁止されているらしい。

ちなみに成人は十二歳から、ということだった。日本に比べて、結構早い。むむ、十歳じゃなくて十二歳設定にすべきだった。

だが、酒を飲まなくてもお店の肉料理は格別だった。

ファットバードの唐揚げ、モンスターハムと牛魔のミルクチーズの串焼き、スパイシー炎竜の手羽先、骨付き魔獣肉の煮込みシチュー。

様々な料理がテーブルの上に並べられる。

こちらはちゃんと味付けもされているので、ファットバードの肉の比にならないくらい旨く感じた。

「そういや、落とし子ってどういう意味なんだ？」

お腹も膨れたところで、グレッグに疑問をぶつけてみる。

「んー……」

言いにくいことだったのか。

グレッグは少し悩んでから、こう口を動かす。

「貴族に捨てられた子ども……っていう意味だ。貴族にも色々あるみたいでな。そういう酷いことをやる連中もいる。お前は着ているもんも上等だし、育ちもよさそうだ。だから落とし子としか考えられない……と思っていたが、違うか？」

と今度はグレッグが質問する。

彼は俺を傷つけないようにするためか、言葉を選んでいた。

色々あるみたい……と言葉をぼかしていたが、不出来な子どもがいらなくなる、後継争いに不都合——といった理由が考えられるだろう。

しかし今の俺にとっては、好都合だ。

答えにくいことを聞かれても、落とし子だからと言っておけばいいからな。

そうすれば勝手に気を遣われて、詮索されなくなる。

「貴族に捨てられた……そうか。そういう人間が落とし子と呼ばれるのか。だったら、俺はその通りだ。あまり詳しく言えないけど、貴族だった」

「おお、やっぱりそうか」

グレッグはほっと胸を撫で下ろす。

予想が当たったことよりも、俺が大して気にしていない様子を見て、安心したのだろう。旨い肉料理も堪能し、疑問も解けたところで……俺たちは店を出る。夜も更けてきたというのに、まだ街の中は活気で満ちていた。

「これから、どうすんだ？」

「大丈夫。一応、この街にも知り合いがいるから。知り合いの宿屋に、今晩は泊まるつもり」

「知り合いが？　それ、ほんとかよ。詮索するつもりはないが、信じられな……」

深く突っ込まれては困るので、俺は駆け足でグレッグから離れる。そして人目がなくなった路地裏で、「山に帰りたい」と念じた。するとあの時のように、体が光に包まれる。

「……全く。謎が多すぎる。あいつからは目が離せないな」

去り際に、かろうじて聞こえてきたグレッグの独り言が、やけに耳にこびりついた。

◆

女神の力をちょっと怪しんでいたが、無事に山に帰ってくることができた。

「ユキマル、シロガネ」

ウサギ親子を呼ぶと、二匹は嬉しそうに駆け寄ってきた。

「ごめんよお。寂しい思いをさせて」

二匹を抱きしめて、俺は頭を撫でてあげる。

うむ……半日くらいしか離れていないのに、この甘えようだ。これはしばらく、旅行なんて無理だな。夜には山に帰ってきてあげよう。

「そうだ。二匹にお土産があるんだ」

俺はアイテムバッグからファットバードを取り出す。ファットバードはグレッグに解体してもらっている。

このファットバードだけ換金しないのを、彼は不思議がっていたが……俺だけ、肉にありつくのは申し訳なかったのだ。

「待ってて。すぐに調理するから」

ウサギだから生でも食べられるかもしれないが、焼いた方が安全だろう。変な菌が入っていて、ユキマルとシロガネが病気になったらダメだからね。

俺は火魔法でファットバードを調理する。ただ焼いているだけなのに、調理と言っていいのか微妙だが……。

焼いた肉をウサギ親子に渡すと、二匹は美味しそうに食べ出した。

「おお、よかった。ユキマルとシロガネも気に入ってくれたか」

ってか、そもそもウサギって肉食えるもんだっけ……？

草食？　肉食？

まあ細かいことを考えるのはやめておこう。うちのウサギは肉も食うのだ。

「ん？」

ウサギ親子を眺めていると、シロガネが俺の前に焼いた肉の塊を置いた。

「もしかして……俺に分けてくれるってこと？」

そう問いかけると、シロガネはつぶらな瞳をして首を縦に振った。

「はっは、ありがと。でも俺は晩御飯を済ませてきて、お腹がいっぱいなんだ。お前らで全部食べていいよ」

そう断っても、シロガネは頑として動こうとしない。

「シロガネは良いやつだね。じゃあ、お言葉に甘えて……」

骨を掴んで、肉の塊にかぶりつく。

「やっぱり旨い」

動物性タンパク質によほど飢えていたためか、満腹のはずなのにシロガネに分けてもらった肉は旨かった。

前世は肉ばっか食ってたら、胃もたれがするようになっていた。焼肉に行っても、威勢がいいのは最初だけで、三十分も経つと肉に手が伸びなくなっていた。

だけど今はそんなことがない。

十歳（推定）の体、すごい。夢のようだ！

そう考えたら、異世界っていうのもそんなに悪いもんじゃないかもしれないな。

◇◆◇

金ランク冒険者──グレッグはレンと別れた後、彼について考えていた。

「あいつは何者なんだ……」

落とし子であることには間違いない。ではないと、説明がつかないことが多すぎる。

アイテムバッグは親がレンを放り出した時に、手切れ金代わりに渡したのだと考えれば納得ができる。

しかし魔石を大量に持っていることは説明が付かない。

極め付きは錬金術だ。失われた技術を使える子どもを、果たして親が家から追い出したりするか？

「少なくとも、ただの落とし子じゃない」

子どもにしても、レンは常識を知らなすぎると思った。

金がなくても魔石をあれだけ持っていたら、財布──いや、鍵なしの金庫が歩いているようなものだ。

あんなに上質な魔石を換金したら、絶対に怪しまれる。ゆえにグレッグはレンに「魔石を換金すれば？」とアドバイスしなかった。

錬金術も見るやつが見れば、レンを味方に引き入れたいと考えるだろう。それだけならまだマシ。錬金術を悪用したいやつに利用される可能性も十分にある。

「出鱈目《でたらめ》すぎるのに……レンにはその自覚がない」

レンを一人にさせておいたら、どこかでトラブルに巻き込まれるだろう。グレッグはそう確信する。

「あいつのことは、しばらく見守ってやらなきゃな」

レンは言っていた。「のんびり暮らしたい」と。

ならば、彼の望みを叶えてあげよう。

グレッグはそう決意するのであった。

第三話　獣人の女の子を助けました

あれから――俺は朝になると街に転移して、魔物を狩っている。ユキマルとシロガネはその間、お留守番だ。

依頼として『魔物討伐』が出されていたら、それを受ける。依頼達成の報酬金をもらえる上、手に入れた魔物の素材も基本的には自分のものにできるからだ。稼ぐのに効率がいい。

すぐにお金は貯まったので、門番には借金を返済した。

彼は「もう貯まったのか⁉」と驚いていたが、グレッグに効率のいい稼ぎ方を教えてもらったと伝えた。

グレッグは有名なようで、彼の名前を出したら門番も納得してくれた。グレッグ、よほど信頼されているみたいだな。

この頃になると、俺も戦うことに慣れてきた。とはいえ、魔石で魔法をパワーアップさせて、ぶっ放すだけだ。この単純な戦法がめっちゃ強い。

一人で十分だというのに、たまにグレッグが付いてくる。

なんでも「お前を一人にさせるのは心配だ」ということらしい。

俺は異世界の常識を知らないからな。グレッグから色々と教えてもらって、徐々にこの世界にも慣れてきた……と思う。

狩る魔物はファットバードだけではない。中にはメタルスパイダーという、体が鉄の蜘蛛《くも》の魔物がいた。

こいつも弱い。火魔法を一発当てたら、すぐに倒せる。飛ばない分、ファットバードより楽だ。

しかしこれも俺だから言えることらしい。メタルスパイダーは剣の攻撃が通りづらく、新人冒険者が手こずる魔物だ——とグレッグは言っていた。

そしてこのメタルスパイダーから、面白い素材が取れる。

メタルスパイダーの骨だ。

これは見た目に反して軽量で、しかも加工しやすくなっている。その上、結構丈夫だ。

俺はそれに目を付けた。

今日も魔物討伐を終わらせて、日が落ちる前に実家……もとい山に帰ってきた。

じゃれてくるユキマルとシロガネを前に、俺はこう告げる。

「扇風機を作ろう」

なにせ最近、暑くなってきた。

どうやらこの国には四季があるらしく、前世の暦の数え方で計算すると、今は六月末といったところだ。

日本みたいに湿気が少ない分、楽ではあるが……このまま気温が上がり続けると、俺もウサギ親子も体を壊してしまう。

俺はメタルスパイダーの骨と風の魔石を組み合わせて、錬金術を発動した。

《扇風機……スイッチを入れると、たまに羽根が回って風が吹く。動かすためには風の魔石が必要》

早速完成した扇風機のスイッチをオン。

ん……動かない。

そういや、鑑定の説明ではたまにと書いてあった。

失敗だろうか？

作り直してみようか。その場合、素材はどうなるんだ？　まだ素材は余っているが、もったいない気がする。貧乏性なもんでね。

「そうだ――なにかを作れるってことは、バラすことも可能なんじゃ？」

試しに扇風機がバラバラになったイメージを抱いて、錬金術を使ってみる。

すると――成功。扇風機が作られる前に戻った。素材も無事だ。

「解体することも可能ってことかな」

思いつきでやってみたが、なんでもやってみるに限る。

その後、ちゃんと扇風機をイメージして再チャレンジしてみる。

《扇風機……スイッチを入れると、羽根が回って風が吹く。動かすためには風の魔石が必要》

お、たまにって文言がなくなったな。これなら……。


恐る恐るスイッチを入れる。

今度は涼しい風が吹いた。成功である。

「涼しい」

風を全身で感じる。気持ちいい。近くにいるユキマルとシロガネも嬉しそうだ。

問題は風の魔石を使用することだ。無制限に使えるわけではない。

しかし大した問題でもない気がした。なにせ、魔石は山でたくさん取れるのだ。

いまいちこの場所がどこにあるのか分かっていないが……どうして、街の人に知られていないんだろう？

こんなスポットを見つけられたら、すぐに魔石を乱獲されてしまう。そうなったら、魔石の価値も大きく下落する。

だが、俺は一度たりともここで人間を見たことがない。

「まあ、いっか」

考えるのを途中でやめた。

頭を悩ませるのは、俺のスローライフに似合わないと思ったからだ。

◆

数日後、今日のノルマ分の魔物を狩り終わった後、グレッグに声をかけられた。

「久しぶりに飯を食いにいこうぜ。前行った、『炎と鉄の盃』だ。付き合ってくれるだろ?」

「いや……でも早く山――じゃなかった。宿屋に帰らなくっちゃ」

「『炎と鉄の盃』には肉料理だけじゃない。もっと美味しい料理もあるんだぞ」

「参ります」

食欲には勝てなかったのだ。それにグレッグには世話になっているので、これくらいは付き合ってもいいと思った。

前世の社会人時代は、上司に誘われていやいや飲みに付き合わされることも多かった。

だからこういった人付き合いは、なるべく断りたいが……グレッグならいいだろう。単純に異世界の料理も気になるし。

居酒屋『炎と鉄の盃』に到着。そこでグレッグは手慣れた様子でグリル野菜のバルサミコソースとふわふわ玉子焼きを頼んだ。

料理が運ばれてきて、早速口を付ける。

野菜はいつも山の中で食べていたが、ちゃんと調理されたものは格別だった。バルサミコソースが甘酸っぱく濃厚な味がする。

卵料理も異世界に来て、初めて食べた気がする。味は想像通りだったが、メニューの名の通り、ふわふわで噛《か》みしめるたびに幸せな気分になる。これも旨いな。

「お前はほんと、美味しそうに料理を食べるんだな。こっちまで笑顔になっちまう」

気付いたら、グレッグが料理に手を付けず、微笑ましそうな顔で俺を眺めていた。

まるで子どもを見守っているかのような視線——と思ったが、今の俺は子どもそのものだ。たまに忘れそうになる。

「そうだ。お前、最近冒険者稼業を頑張っているみたいだな？　俺といない時も、すごいペースで魔物を狩ってるって聞いているぞ」

「まあ、弱い魔物ばっかりだしね。ほら、メタルスパイダーとか。火魔法をぶっ放したら、あっさりと倒せる」

「そんなことを銅ランクで言えるのは、お前くらいだ。メタルスパイダーの頑丈な体には、生半可な剣じゃ通用しないからな。初心者は苦労するんだぞ？　全員が魔法を使えるわけでもないし」

「そうなの？」

「そうだ」

　とグレッグが断定する。

「のんびり暮らしたいと言っていたが、気が変わったのか？」

「いや……気は変わっていないけど」

　ただ――稼げる時に稼いでおきたい。お金は古今東西、どの世界でも大切だろう。

　それに魔物から取れる素材で、錬金術の練習をするのも楽しかった。

　扇風機以外にも、先日なんか魔法剣を作ってみた。

　俺は前世でも、ゲームは本編のストーリーを進めるより、寄り道をして強い武器や役に立つアイテムを集めている方が好きだった。

　こんな風に面白い道具――魔導具が作れるんだから、面白くてやめ時を失ってしまう。

「そうなのか。だが、目立ちすぎるのもよくない。ちょっとは休め。子どもなのに、そんなに働いてたら大人どもが自信を失う」

　冗談交じりに言って、グレッグが苦笑した。

　とはいえ、お金も欲しい。お金があったら、もっと良い素材も手に入れられるだろう。

　お金が貯まったら、旅行にも出かけてみたいしな。

「まあ、これは俺からの忠告――ってほどでもねえ。お前が働きすぎて、ぶっ倒れないか心配になっただけだ」

「ありがとう。グレッグの気遣いには感謝するよ」

あー……楽にお金も稼げる良い手段はないんだろうか。

そうだ、錬金術で作ったものを売ってみたらどうだろうか？

よろず屋に行ってみる？　扇風機なんて売れるんだろうか。異世界にはないもんなんだし。

門前払いされそう。

そんなことを俺はぼんやりと考えながら、異世界の料理を堪能するのであった。

◆

ある日。

冒険者ギルドに寄ってから魔物を狩りにいこうと思っていると、女の子が複数人の男に絡まれているのを発見した。

「やめて――さい」

「うるさい――さっさと――いけ」

ただのナンパというわけでもなさそう。

女の子はメイド服のようなものを着ている。彼女はメイドだろうか？

周囲にも視線を巡らせる。

周りの人たちは目を合わせないように、女の子の横を通り過ぎていた。自警団の人が来る気配もない。

「……しゃあない」

トラブルは避けたかった。

しかしここで女の子を見過ごしたら、俺は一生後悔しそうな気がする。

俺は女の子に絡んでいる男たちに近付いて、こう声を発する。

「おい。なにしてるんだ」

「あぁん？」

男たちの視線が、一斉に俺へと向けられた。

うっ……厳つい。こいつらに比べたら、強面のはずのグレッグは菩薩《ぼさつ》そのものだ。

だが、今まで魔物をたくさん狩ってきたという自信があるからなのか、不思議と怖くはなかった。

「その子、嫌がっているじゃないか。なにがあったか知らないが、話し合いで解決を――」

「ぐちぐち、うっせえんだよ！」

男の中の一人が、俺に殴りかかってくる。

こいつ、短気すぎるだろ。

そうだ。良い機会だし、前に錬金術で作ってみた新しい武器を試してみよう。

バックステップで距離を取りつつ、アイテムバッグから武器を取り出す。

《魔法剣……魔力を込めて一振りすると、自動的に魔法が発動する。魔法の威力は魔力以外にも、剣を振るった力と速度にも比例する》

間髪入れずに少し離れたところから剣を振るった。

「あ、あちい！」

風圧と同時に炎が飛び出して、男の右腕を包んだ。彼は地面に右腕を擦り付け、火を消そうとする。しかしなかなか消えなかった。

「こ、こいつ、今なにをやった⁉」

「魔法を使ったのか？　でも、そういう風に見えなかったし……」

「こ、子どものくせに、俺たちに逆らうなんて生意気だぞ！」

子どもだからって、なんの関係があるんだ……こいつらの頭が悪すぎて、溜《た》め息が出てしまう。

「それ以上言いたいことがなかったら、さっさと俺の前からいなくなってくれるかな。それとも、もっと痛い思いをしたい？」

そう言って、俺は剣先を男たちに向ける。

先ほどの男の惨状を見て、彼らもビビったのか、ジリジリと後退した。

「ちっ……！　退散だ！」

「覚えていやがれよ！」

「あの店は俺たちのもんだ！」

そんな悪党のテンプレみたいな台詞を吐いて、男たちは慌てて逃げていった。

んー……これで終わりにするつもりだったが、見逃してやってもまた他の人が同じ目に遭う気がする。

「気が変わった」

と俺は彼らの背中目がけて、魔法剣を振るう。雷撃が男たちに直撃した。

「ぐわっ！」

「ひ、卑怯《ひきょう》な……」

「話が違う……」

彼らは地面に倒れてそのまま気を失ってしまった。

「そう言うなら、か弱い女の子を寄ってたかってイジめてたお前らの方が卑怯なんじゃないかな？　そもそも戦いに卑怯もなにもないしね」

そうしているうちに、騒ぎを聞きつけて自警団の人が駆けつけてきた。

男たちは彼らに任せて、あらためて絡まれていた女の子と向き合う。

「大丈夫？」

「は、はい。ありがとうございました……」

そう言って、女の子は頭を下げる。

……ってか、今気付いたけど女の子の頭から、犬みたいな耳が生えている⁉

しかも彼女の心情が現れているのか、耳がぺたんと垂れている。毛並みもよくて、つい触ってみたくなるほどだった。

「この耳……気になりますよね。あなたに隠す必要もありません。私は獣人。名前をミリアといいます」

獣人！

異世界に来たからには、一度会ってみたいと思っていたが、まさかこんなところでお目にかかるとは。

「ああ……ごめん。獣人に会うのは初めてだったんだ。だからつい見惚《みと》れてしまっていた。俺はレン。別に君をイジめようとか、そんなことは考えていないから安心して」

これはグレッグから聞いた話なんだが、一昔前まで獣人は差別を受けていたらしい。

獣人が奴隷として使われた時代もあるという。

だが、それも昔の話。この国では何十年か前に『獣人奴隷解放宣言』が行われ、獣人差別を法律によって禁じてきた。

ゆえに他国からこの国に亡命してくる獣人も少なくはないとか。

「見惚れて……ですか？　珍しいことを言いますね」

「そうかな？　そうじゃなくても――」

君は美人なんだし。

と続けようとしたが、やめた。初対面でそんなことを言ったら、引かれるかもしれない。

耳に気を取られてしまったが、実際ミリアは他人の目を引きつける容姿をしていた。

柔らかい茶色の髪は長く、風が通り抜けると軽く舞い上がり、彼女の魅力をさらに際立たせているよう。

顔立ちも美しいだけではなく、全体から温かさと優しさが滲《にじ》み出ていて、近くにいるだけで心が穏やかになった。

「獣人に会うのは初めてと言っていますし――もしかして、あなたはこの国の人じゃないんですか？」

「うーん。そのあたりは、あまり突っ込んでくれない方が助かるかな」

「失礼しました。私は恩人になんてことを……」

「気にしていないから、君もそんな顔をしないで。俺はレン。まだ子どもだが、これでも冒険者をしている」

「冒険者……どうりでお強いと思いました」

とミリアが目を見開く。

「それにしても、どうして男たちに絡まれていたの？　ナンパというわけでもなさそうだったけど……」

「……そうですね。あなたになら話してもいいかもしれません。実は――」

ミリアは説明を始める。

なんでも、彼女の祖父はこの街でよろず屋を営んでいたらしい。

両親を早くに亡くしてしまったミリアは、祖父に身を寄せる形でこの街にやってきて、そのよろず屋を手伝っていた。

「ああ……なんでメイド服を着てるかと思ってたけど、それってお店の制服だったり？」

「その通りです。私、この服が気に入ってて、働いていない時も私服として使っていたんです」

話を戻そう。

そんな祖父が最近、亡くなってしまった。寿命だった。必然的に残された身内であるミリアが、祖父のよろず屋を継ぐことになった。

しかし彼女は接客の知識はあるものの、経営に関しては素人だった。

祖父が亡くなったことにより仕入れ先からも見切られ、お店もまともに機能しなくなってしまった。

「だが、お店に商品が残っていたんじゃ？　生鮮食品じゃないんだし、時間をかけて売っていけばいいと思うけど……」

「相続税を払うために、売り払ってしまいました。おじいちゃんとの思い出のお店は、どうしても残したかったので」

異世界にも相続税たるものは存在したのか。どの世界でも、税金で頭を悩ませるのは一緒だね。

売る商品がなくなったよろず屋は、今はほとんど空き店舗と変わらないとミリアは言う。

それをあの男たちに目を付けられた。

彼らはミリアのお店を狙っていた。立地がよく、土地だけでも高値で売買されるからだという。

「なるほど……ね。悪徳不動産屋さんみたいな連中だ。よかったら俺にも、ミリアが祖父から受け継いだよろず屋を見学させてもらっていいかな？」

「もちろんです」

この時の俺は、ある考えが閃いていた。

◆

ミリアの後を付いていき、件《くだん》のよろず屋の前まで到着。

人通りはそこまで多くないが、店は目立つ場所にあった。あの男たちが目を付けるのも頷ける。

中に入ると、そこはがらんとしていた。最低限の机や椅子は置かれているものの、酷く殺風景だ。

「これじゃあ、とてもじゃないけど営業することなんてできないね」

「そうなんです」

ミリアの表情がより一層曇る。

「でも、あの男たちは自警団に逮捕された。しばらくは大丈夫なんじゃ？」

「いえ、彼らは組織立って行動しています。一人二人潰したところで、大きくは状況が変わらないでしょう」

「組織立って？　どういう組織？」

「……っ！」

質問すると、ミリアは「しまった！」と言わんばかりに手で口を塞いだ。

んん？　なんだ、この反応は。

ミリアはコホンと一つ咳払《せきばら》いをしてから、こう続ける。

「い、いえ……確信はありません。ただ、私がそう思っただけです」

「ほんとかなあ？」

「本当です。それに——仮に組織じゃなくても、彼らは私にいちゃもんを付けていただけです。罪としては軽い。牢屋《ろうや》に入れられたとしても数日程度。すぐに解放されるでしょう」

確かに男たちの行動は褒められることではないが、そこまで違法性が高いとは言えない。

またミリアが今日と同じように絡まれるのは、すぐに想像できた。

「せめてお客さんが来るようになったら、あの男たちもそう簡単に手出しできなくなると思うんですが……空き店舗になっているんだから、引き渡せっていう彼らの道理も通じなくなりますからね。だけど私一人だけでは商品もないですし、お店を再オープンさせることはできません。果たして、どうしたものか……」

ミリアはずっとそのことに頭を悩ませていたんだろう。

心なしか、全体的に疲れたオーラを放っている。

ここで俺は自分の考えを伝える。

「なら、俺がここに商品を卸すよ」

「え？」

予想だにしていなかったのか、ミリアが目を丸くする。

「レンさんは冒険者だったんじゃ？」

「冒険者だ。同時に錬金術師でもある」

「れんきんじゅつし？」

首を傾げるミリア。

勢いで言ってしまったが、錬金術のことを伝えるのは軽率すぎたか？

だが、言ってしまったものは仕方がない。

彼女に信頼されるためには、俺の秘密を打ち明ける必要があると思った。

「ちょっと見てて」

俺はアイテムバッグから木板を取り出す。念のために、山から持ってきてよかった。

そして近くに置かれている椅子と合わせて、錬金術を発動する。

ボロボロだった椅子は光に包まれ、あっという間に新品のように生まれ変わった。

「すごいです！」

「他にも素材があったら、色々とものを簡単に作り出すことができる。それらを俺がここに卸せば、お店を再始動させることが可能だろ？」

ミリアはお店を開きたい。店の商品を全て売り払ってでも、祖父のお店を継ぎたかったからだ。

一方の俺は錬金術で作ったものを売って、お金にしたい。他の店に売るなら騙《だま》される可能性もあると思うが、自分で商品に値段を付ければその心配も小さくなる。

それに可愛い女の子に騙されても、なんか納得できる。男って単純だね。

俺とミリアのやりたかったことが合致したわけだ。

「ほ、本当にいいんですか!?」

「俺の方こそお願いしたい。だけど一つ、条件がある。それは俺の錬金術を、なるべく人に言わないことだ。錬金術は失われた技術らしくてね。不用意に言ったら、トラブルに巻き込まれないとも限らない」

「分かりました。では……私からも一つ提案です。商品を卸すだけではなくて、レンさんも一緒にお店を経営しませんか？」

「俺が？」

自分を指差す。

「はい。商品があっても、私に経営の知識はありません」

「俺にもないよ」

「それは承知の上です。ですが、今日助けてもらって確信しました。レンさんはただものじゃない。子どもなのにあんなに強くて、大人みたいに落ち着き払っているんですから。私なんかより、しっかりしてると思って……」

「うーん……」

腕を組んで、一頻り考える。

要は彼女、一人でお店を開くことが不安なんだろう。だから俺に頼った。

ここでの俺は十歳だ。しかし少しだけ社会人として働いたこともあるし、大学は一応経営学部を出ている。まあ大学四年間学んだごときで、経営のプロを名乗るつもりはさらさらないが。

商品を卸すだけではなく、お店を一緒に経営していくなら——もっとやれることの幅は大きくなるだろう。忙しくなるのは勘弁だが。

「分かった。君の提案に乗るよ」

「よかったです……！　私一人じゃ不安で不安で……」

「しかし俺は冒険者稼業が忙しい。あまり店に来れないかもしれない。それでもよかったら……だけど」

「はい、それで十分です。これでも接客には自信があるんですよ。商品さえあれば、私一人でお店を回せます」

とミリアから力強い言葉。頼もしい。

さあて、錬金術で作った商品の卸し先は決まった。

しばらくお店を閉めていたということは、営業資格とかはどうなっているんだろうか？　失効してしまっているか？

手続きがあるなら、まずはそこからだな。

やることは多い。明日、グレッグに相談してみよう。

第四話　魔導具ショップを開きました

翌日。

よろず屋のことをグレッグに相談した。

「なるほど……獣人の女の子を手助けね。お前も男の子だな」

「……？　どういう意味？」

「え？　下心があって、女の子を助けたんじゃないのか。お前もそういうところがあるんだな……って」

この人は十歳の子どもに、なんてことを言うんだ。

「バカなことを言わないで。俺にも考えがあったんだ。錬金術で作ったものをお金にしたい」

とグレッグに伝える。

さっきまで俺を茶化すような雰囲気だったが、彼は真剣に話を聞いてくれて。

「ふむふむ。実益も兼ねていたわけか。悪いが、俺はそういった方面の知識はない」

「そうなのか……」

「ガッカリした顔をするな。だが、知り合いに信頼の置ける商人がいるんだ。そいつならお店のこともよく分かっているだろう。よかったら、紹介するが――」

「お願いします！」

食い気味に答える。

下心うんぬんを言い出した時は不安になったが、やはりグレッグは頼れる男だ。

これだけ面倒見がよかったら、人脈も広いんだろう。商人の知り合いがいるのも納得だ。

「よっしゃ」

とグレッグが手を打つ。

「だったら、錬金術のことをそいつに打ち明けてもいいか？　そっちの方が話もスムーズになる」

「グレッグが良いと思える人物なら、問題ない」

「そこんとこは大丈夫だから、俺を信頼してくれ。すぐにでも紹介したいが、あいつは今違う街に行っているんだ。行商人のようなこともやっててよ。帰ってくるのは三日後くらいになる」

「うーん、三日後か……」

自警団の人たちから聞いたんだが、ミリアに絡んでいた男たちは余罪もあったらしく、無事に牢屋に収監された。

とはいえ、罪としては大きくない。夏の終わり頃には戻ってくると聞いた。

焦っても仕方がないと頭では分かっているが、一刻も早くお店をオープンしたい。

「ミリアっていう獣人の女のことを気にしてんのか？　それだったら、しばらく俺も気にかけておく。あの店に変な男が寄りつかないように、見回りを強化しておこう。どうだ？」

「分かった。グレッグにはいつも迷惑かけるね」

「はっはっは！　子どもがそんなことを言うな。子どもは大人に迷惑をかけるもんだ。それにたまにお前と魔物討伐に出かけたら、それが捗る捗る。お前と付き合うことは迷惑どころか、俺にもメリットがあるってもんだ」

そう言って、グレッグはわしゃわしゃと頭を撫でてくれた。

その後、「商人に見せるもんをなんか作っておけ」と言われた。

なににしようか。扇風機にするか。

しかし今のままでは魔石の消費量が多い気がするので、改良を進めよう。

スローライフをするつもりのはずが、ちょっとずつ忙しくなっている。今だけだと思って我慢だ。

◆

「……というわけで、営業を再開するのはもう少し待ってほしい。俺とグレッグで変な男がやってこないか、見回りもするから」

「分かりました。お気遣い、ありがとうございます」

ぺこりと頭を下げるミリア。

彼女がそうするだけで、頭の耳も一緒に動くからつい目を惹《ひ》かれてしまう。

「だったら、私はいつでも営業が再開できるように、お店の掃除を頑張りますね」

「俺も手伝――」

「いえいえ！　レンさんは忙しいでしょう？　これくらい、私に任せてください」

とミリアは手で制する。

「分かった。じゃあ、お言葉に甘えさせてもらうよ。だけど最近暑くなってきたから、体には気を付けて。あ、そうだ――明日、扇風機を持ってくる。あれがあれば、ちょっとは暑さを凌げるはずだ」

「扇風機……？」

ミリアが首を傾げる。

扇風機なんて、メタルスパイダーの骨と魔石があれば、錬金術でいくらでも作れる。

そしてどちらも余っている。彼女にプレゼントしても懐が痛まない。

「そろそろ俺は行くよ。なにかあったら、すぐに俺かグレッグに相談して」

「はい。また明日」

手を振るミリアに別れを告げ、俺はよろず屋を後にした。

◆

山に戻ってきた。

ちゃちゃっとミリアに約束していた扇風機を作る。

ピンク色に塗装して、可愛い彼女に似合うものにした。

「それにしても……本当に暑くなってきたな。こんなんじゃ食欲もなくすよ」

心なしか、ウサギ親子もぐったりしている気がする。

「よし……今日はかき氷を作るぞ」

俺が言うと、ユキマルとシロガネは目をクリクリさせた。

水魔法で氷を生成する。

魔法のコントロールにもいい加減慣れてきたので、これくらいはお手のものだ。

できた氷に錬金術を施して、さらさらの氷の粒を作る。お皿に盛り付け、街で仕入れてきたシロップをかけて……完成だ。

「召し上がれ」

ユキマルとシロガネにもかき氷を渡す。

二匹は最初、恐る恐るといった感じだったが、やがて美味しそうに食べ出した。二匹を見ているだけで涼しく感じる。

「俺も食べるか……うん。旨い」

予想通り……いや、予想以上の出来栄えに唸《うな》る。

扇風機とかき氷で涼を取る。こうしていると日本にいるみたいだ。最初の頃に比べると生活も快適になってきたし、俺もこの世界に慣れてきた。

あっ、そうそう。

慣れてきたといったら、ウサギ親子もそろそろ街に連れていってあげたい。シロガネならともかく、ユキマルなら連れ歩いてもビックリされないだろう。

ってか、この二匹って本当にウサギなんだろうか。ウサギらしからぬところが多いし、シロガネにいたってはとにかくでかい。

こういう時はグレッグに聞いてみるのが一番だ。

◆

「はあ？　大型犬サイズのウサギ？　そんなウサギ、いるわけないだろうが。レンは変なことを言うな。ははは！」

翌日。グレッグに聞いてみたら、笑い飛ばされた。

うむ……彼の話を聞くに、こっちのウサギも日本でいたものとさほど変わらないらしい。

こうなると、ますますシロガネは街に連れてこられないな。珍獣扱いされて、捕まったりしたら目も当てられない。

ユキマルなら（本当にそうなのかはともかく）、見た目は完全にウサギだ。街に連れてきても問題なさそう。

「お前の冗談で笑わせてもらったところで……昨日に言ってた商人だがな。通信用の魔石で、あのあと連絡を取らせてもらってたんだ」

「ほうほう」

「それでお前の話をしたら、仕事を早めに切り上げて、この街に戻ってくるってよ。昼過ぎには帰ってくるから、一緒に会いにいこう」

「分かった」

いよいよ、商人との顔合わせか。

俺とグレッグは昼ごはんを済ませてから、待ち合わせ場所の門番前に向かう。

するとそこには既に行商人らしい一人の男が待っていた。

その男は周囲から浮いて見えるくらい、洗練された品格を持っていた。清潔感があるイケメンと表現してもいいだろうか。

頭髪は一本一本がきっちりと整えられ、丁寧にセットされている。細い縁のメガネも、彼の理知的な雰囲気に拍車をかけていた。

「初めまして、エリックと申します。商人をしています」

最初の印象とは違い、優しそうな笑みを浮かべて、エリックが右手を差し出す。俺も自己紹介をしつつ、彼と握手をした。

「早速なんですが、レンくんは面白いことができるのだとか？」

錬金術のことだろうか？

「うん」

「それで作ったものを見せてもらっても、構わないでしょうか？」

「もちろん」

場所を移して、俺はアイテムバッグから扇風機を取り出す。

スイッチを入れて風を発生させると、エリックとグレッグは驚いていた。

「ほほお……面白いものですね。メタルスパイダーの骨を、素材として使っているわけですか」

「レンは相変わらず、とんでもないものをさらりと作るな」

「ええ。これを作れるのも驚きですが、アイディアを出せることも素晴らしいです」

アイディア自体は俺が思いついたわけではなく、日本で使っていたものを流用しただけだがな。

「ちなみにレンくん、これを作るためにどのような素材が必要なのですか？」

「メタルスパイダーの骨と風の魔石。それだけあれば作れる」

「なるほど。風の魔石一つで、どれだけ風を発生させられますか？」

「これは作ったばっかりなんだ。だからまだ分からない。だけど、時間をもらえればコストは抑えてみせる」

「改良の余地はあり……ということですね。ですが、なんにせよ素晴らしいものです。商品として売り出せば、夏には爆売れしそうですね。想像以上です」

　とエリックが頬を綻ばせる。

「ありがとう」

「では、本題に移りましょうか。今は営業していないお店を再開させたいんでしたね？」

「ああ」

「でしたら、まずは商業ギルドに向かいましょう。そこで手続きがありますので」

　エリックの後に付いていき、次は商業ギルドに行く。

　グレッグとはここでお別れだ。なんでも、彼も色々と忙しいらしい。金ランク冒険者だからな。

　そうじゃなくても、人が良い彼は面倒な仕事を押し付けられていそうだ。前世で仕事を断れず、毎日残業していた同僚の姿を思い出す。

　商業ギルドに着くと、エリックは受付の人といくつか言葉を交わしていて、台帳らしきものも確認していた。

専門用語が飛び交い、俺ではよく理解できなかった。

やがてエリックは俺に視線を向け。

「……どうやら、ワンダーポット――失敬。ミリアさんの祖父のよろず屋、ワンダーポットは営業免許の更新がされていないようですね」

「そうなの？」

「はい。きっと、バタバタしているうちに更新を忘れていたんでしょう。営業を再開させるためには、もう一度開業手続きをしなければなりません」

「それをせずに、営業していたらどうなる？」

「違法営業と見なされます。最悪のケースでは罰金を取られ、しばらくお店の営業を停止させられますね」

どうやら、これも街の商業施設を守るための施策らしい。こういうところは前世と似ている。

「だったら、開業手続きがしたい」

「分かりました。書類作成は私がやっておきましょう。ただ……開業手続きのために、供託金を納めなければなりません。これは廃業した時に戻ってくるお金ですが……レンくんは払えますか？」

「ち、ちなみにそれはいくらくらい？」

恐る恐るエリックに聞くと、目ん玉が飛び出るような金額を提示された。具体的には七桁。最近は魔物を狩っているおかげで、財布の中も余裕ができた。だが、この金額はさすがに払えない。

どうしようか……困っていると、エリックがこう口を動かした。

「よかったら、私が払っておきましょうか？」

「え⁉　い、いいんですか？」

驚きすぎて、敬語に戻ってしまう。

「はい。私にとっては、大した金額でもありませんから。グレッグの紹介ですしね。ですが……一つ条件があります」

なんだろうか。もしや、利子はトイチとか？　あ、これ。前世で読んでた漫画と同じパターンだ！

戦々恐々としていたが、エリックから言われたことは予想外のものだった。

「定期的に私にもレンくんの商品を卸してほしいんです」

「え？　そんなことでいいんですか？」

「先ほど、扇風機？を見せてもらって、感動しました。あれは売り物として扱えば、すごく儲《もう》かります。しかもレンくんはこの先、もっと良い商品を開発するでしょう。いわば、これは先行投資。どうでしょう？」

「うーん……」

「もちろん、余った分だけで構いません。たまには無茶をお願いするかもしれませんが、基本的にはよろず屋の方を優先してください」

悩むポーズを見せたが……俺では供託金を払えない。いずれ払えるようになるかもしれないが、その間にあの男たちが牢屋から出てきてしまう。あまり時間はかけてられない。

答えは決まっているようなものだった。

「分かりました。お願いしてもいいですか？」

「はい。ああ、それから――敬語なんか使わなくていいですよ。商人の私は別ですが、冒険者がそんなにかしこまっていたら舐められますので」

苦笑するエリック。

やはりグレッグと同じことを言う。だが、これだけ大きな頼みごとをしたら、自然と敬語に戻ってしまうというものだ。

人の輪というのは大事だ。

面倒な人付き合いはなるべく避けたいが、信頼できる人との交流は大切にしよう。

今回の件を通じて、俺はそう思う。

◆

それから数日後。

エリックの助けもあって開業手続きも無事に終わり、よろず屋の内装も整ってきた。

こぢんまりとした店内ではあるが、壁一面に棚が設けられ、その上には商品が丁寧に陳列されている。

商品は錬金術で作った水筒や砂時計、あとはアクセサリー。シンプルなものが多いが、これから徐々に品数は増やしていくつもりだ。

「あっ、そうです。レンさん、お店の名前はどうされますか？」

「名前？　ワンダーポットっていう名前じゃないの？」

「はい。ですが……祖父も亡くなりましたし、今の責任者はこの私です。再始動ともいえるでしょう。それにレンさんもこれだけ協力してくれましたし、前のままじゃなんだか申し訳ないんです。だから名前を変えて、新たな気持ちでスタートしようかな……って」

「うーん」

悩む。ミリアがそう言うなら、口を挟むつもりはない。だが、俺はネーミングセンスに自信がないのだ。そんなことを言われても、俺ではどうしていいか分からない。

その後、ミリアと話し合って。

「『アルケミーポット』というのは、どうかな？」

「素晴らしいです！」

よかった。ミリアも気に入ってくれた。魔導具ショップ、アルケミーポット。良い名前だと自分でも思う。

「最初は商品の種類も限られるでしょう。ですが、開店記念としてみんなの目を惹く商品を置きたいです。レンさん、前に扇風機をプレゼントしてくれましたよね」

と部屋に置かれているピンク色の扇風機に、ミリアは目を向ける。

「あれを商品として置いても良いと思うんですが、どうでしょうか？」

「うん、それは俺も少し考えていた。それでなんだけど……」

アイテムバッグから俺はあるものを取り出す。

《小型扇風機……卓上に置けるくらいのサイズに改良した扇風機。風を送り込む力は弱いが、コスパに優れている》

「可愛い！　扇風機がちっちゃくなっています！」

「扇風機の小型化に成功したんだ。こうすれば、置くところにも困らない。テーブルの上にも置くことができるぞ」

「素晴らしいです。これを商品として置く……と？」

「そう考えている。あと、この小型扇風機の優れているところは、魔石の消費量を抑えられることだ。一夏くらいなら、魔石一個で乗り切れるぞ」

「ますます素晴らしいです！　レンさんはすごいですね！」

ミリアが目を輝かす。彼女みたいな可愛い子に褒められると、俺も気分が良くなるというものだ。

◆

ミリアからの感触も良かったので、俺は山に帰って小型扇風機を量産することにした。

ただし無理をしない範囲だ。魔導具ショップ——アルケミーポットを手伝うことになっても、スローライフの基本は崩したくない。

小型扇風機の量産は、すさまじい速度で進んでいった。

何度かやっていたら慣れるのだ。

ついでに手で持てる携帯型の扇風機も作る。

少量だが、硝子も手に入ったし風鈴なんかも作ってみようか？

ついでに団扇《うちわ》とかも。

錬金術が楽しすぎて、次々とアイディアが湧いてくる。

この間、ユキマルとシロガネがずっと見守ってくれている。可愛い二匹に見守られると、いつもよりやる気が出るような気がした。

「あ、そうだ」

思い立って、俺はユキマルに話しかける。

「ユキマルも街に行ってみる？」

問いかけるが、ユキマルは首を傾げる。

「俺ばっか、街で美味しいもんを食べるのは申し訳ないからね。とはいえ、街は人がたくさんいる。危ないことがあるかもしれない。だが、ユキマルのことは俺が絶対に守る。どう？」

そう言うと、俺の言いたいことが分かったのか、ユキマルはぴょんぴょんと何度かジャンプした。どうやら、付いていきたいらしい。

「シロガネはまだお留守番ね。シロガネみたいな大きいウサギは、街にもいないらしい」

シロガネは「お任せください！　ご主人様！」と言わんばかりに、何度も頷く。

うん。うちのウサギたちはお利口だ。

いつかシロガネも街に連れていければいいなあ。そう思った。

◆

そしてユキマルを連れて、アルケミーポットに向かった。

「可愛い！」

ミリアはユキマルを見て、目を輝かせた。ユキマルを抱いて、ほっぺとほっぺを合わせてすりすりする。

ユキマルも満更ではない様子で、幸せそうだ。ちくしょうめ。ミリアみたいな可愛い女の子に、そんなことをしてもらえるとは。

そんな視線が伝わったのか。

「レンさんも、私にほっぺをすりすりしてもらいたいんですか？」

とミリアが問いかけてきた。

「いや、それは……」

「遠慮しないでください。それくらい、いくらでもしてあげますよ」

恥ずかしがる俺をミリアは抱きしめて、ユキマルの時と同じようにすりすりしてくれた。良い匂いがする。

「あ、ありがとう。でも、もう十分だ」

これ以上はなにか新しい扉が開いてしまいそうな気がする。礼を言って、ミリアから離れた。

「しっかりしすぎているから、たまに忘れそうになりますが……レンさんはまだ子どもです。レンさんくらいの子どもだったら、まだまだ親に甘えたい年頃でしょう。だから……私がレン

さんの母親代わりになれたらって。おこがましすぎますか？」

「い、いや、そんなことはない。そう言ってくれるだけでも、嬉しい」

そう言うと、ミリアはパッと表情を明るくした。

ミリアママかあ。いや、俺の中身は子どもじゃなくて結構成熟している。彼女のことをママなんて呼んだら、さすがにどうかしていると思う。

最初に出会った時と比べて、ミリアはどんどん明るくなっている。良い傾向だ。元々、こういう性格なのかもしれない。

「それはともかく――新型の扇風機も持ってきたんだ。それだけじゃ寂しいと思って、ついでに団扇と風鈴も作ってきたよ」

「団扇？　風鈴？」

やはり、この世界には両方ともなかったらしい。

「夏を乗り越えるためのアイテムだ。使い方は……」

実物を取り出して、ミリアに説明する。彼女はすぐに使い方を理解して、「絶対に売れますよ！」と太鼓判を押してくれた。

「よし。オープンは三日後にしようか。開店初日は俺も接客を手伝うから」

「ありがとうございます。よかったら、そのウサギちゃん――」

「ユキマルだ」

「ユキマルちゃんも、一緒にお客さんを出迎えませんか？　ユキマルちゃんくらい可愛かったら、それ目当てで来るお客さんが増えるかもしれませんので」

それは良いアイディアだ。

しかしなにせ、ユキマルは人に慣れていない。そういう動物が人の目にさらされ続けると、大きなストレスを感じるという。ユキマルが倒れてしまわないだろうか？

そう心配していると、ユキマルは「大丈夫！」と言わんばかりにジャンプした。

「ユキマル。看板ウサギとして店を手伝ってくれる？」

「（こくりこくり）」

よかった。なんなら、ユキマルも働くのを楽しみにしている節がある。

「いいってさ」

「よかったです！」

手を叩き、喜ぶミリアママ……いかんいかん。ミリア。

◇◆◇

魔導具ショップが開店して、一週間が経過した後。

人々の間で、不思議な魔導具ショップの噂《うわさ》が広まっていた。

「知ってるか？　噂の魔導具ショップ」

「知ってる。アルケミーポットだよな」

と男は頷く。

「どうやら、前オーナーの孫娘さんが店を再オープンさせたらしい」

「昔はなんの変哲もないよろず屋だったのになあ。あんな不思議な商品を売る魔導具ショップになっているなんて、想像もしていなかった」

「あの……扇風機？って言ったっけな。風の魔石が必要だが、一つでしばらくは保つ。おかげで今年の夏は涼しく乗り越えられそうだ」

「俺は風鈴ってのを買ったぜ。扇風機に比べて、安価だったからな。音が鳴るだけだってのに、不思議と涼しく感じる」

「異国から商品を取り寄せてるって、店員が説明していたが……異国にはあんな便利な商品が、山のようにあるっていうのか？　すごいな」

他国の発展に恐れを抱きつつ、同時に便利な魔導具が買えて、二人ともほくほく笑顔だ。

「今はまだあまり知られていないが、あっという間に人気店になっちまうだろうな」

「間違いない。店員の女の子も可愛いし、看板ウサギのユキマルも見てて癒される」

「あと……俺が行った時には子どももいたんだが。あれはなんだ？」

「さあ……あの女店員の子どもとかじゃやねえか？」

「うげー。結婚してんのかよ。俺、今度あの子をデートに誘ってみようって思ってたのに」

「俺の予想だけどな。ってか、お前も結婚してるだろうが。このことをお前の妻にチクるぞ」

「勘弁してくれ」

彼は苦い顔をする。

レンの想像を上回る速度で、アルケミーポットは瞬く間に評判になっていくのであった。

第五話　海だ！　釣りだ！　夏だ！

アルケミーポットも軌道に乗り、最近は俺もようやく以前の生活に戻りつつあった。

しかし暑い。

扇風機があっても、なお暑い。

耐えられないほどではないんだがな。この暑さ、なんとかならないものか。

そんなある日、グレッグにこんな提案をされた。


「海の街に行かないか？」


海の街！

その魅力的なワードに、気持ちも自然と上向きになる。

今の俺は相当興味のある顔をしていたんだろうか。

グレッグは俺からの答えを待たず、こう続ける。

「マリンブルーズっていう街があってな。海に面している街だ。魚も旨いし、もちろん海で遊ぶこともできる。この街の人間も、夏になったらマリンブルーズに旅行に行くやつも多いぞ」

「じゃあ、グレッグも旅行に行くってこと？」

「いや、ギルドの依頼だ。商人のエリックって覚えてるよな？　あいつがマリンブルーズまで商品を売りにいくことになって、俺はその護衛ってわけ。帰りも俺が護衛することになった。その関係で何日かあっちに泊まるんだが……よかったら、お前もどうかって」

海の街……想像する。この街に来られるようになって、美味しいものはたくさん食べた。しかし海魚にはありつけていない。この世界においては、魚の鮮度を保つのが困難だからだ。魚料理の味を思い出すと、つい口から涎《よだれ》が出てしまいそうになる。

「参考までに聞きたいんだけど……魚料理っていうのは、どういうのがある？」

「一つに絞るのは難しいが……俺は海鮮丼ってのが好きだな。海の幸をふんだんに使って、米と一緒に食べるんだ。旨いぞ」

うむ、どうやら生魚を食べる文化はこちらでも存在しているらしい。

「どうだ？　無理にとは言わな――」

「行く！」

食い気味に答える。断るはずがない。

「おお、よかった。出発は一週間後を予定している。準備しておけよ」

「だったら……ミリアとユキマルも連れていっていい？　俺だけ良い思いをするのは、悪い気がするから」

「ミリア……確か、お前んとこの魔導具ショップの店員だったな。ユキマルは、そこの看板ウサギだっけか？」

「その通りだ」

「もちろん、いいぞ。護衛する必要があるとはいえ、マリンブルーズまでの道のりは魔物が少ないし、治安も良いから比較的安全だ。一人や一匹増えたところで、大して負担は変わらない。それに……お前もいるんだしな」

ニヤリとするグレッグ。

海の街……楽しみだ。主に海鮮丼だが。


その後、アルケミーポットに行って、ミリアとユキマルにも話をしてみた。

ミリアはすぐに快諾。ユキマルも行きたがっていた。

シロガネは……まだ早いか。あんな大きいウサギを連れて歩いたら、変な騒ぎになってしまうかもしれない。

すまん。シロガネ、もうちょっと我慢していてくれよお。

ともあれ、ミリアも出かけるとなって、アルケミーポットはしばらく休業することになった。

お客さんが残念がっていたが、こればっかりは仕方がない。休めなくて旅行にも行けないお店に、アルケミーポットをしたくないのだ。

◆

そしてさらに、それから一週間後。

俺とミリア、グレッグとエリック。そしてウサギのユキマルは、海の街マリンブルーズに向けて出発した。

前にグレッグが言っていた通り、旅路は平和なものだった。三日後には、マリンブルーズに辿り着いた。

「短いとはいえ、慣れない馬車の旅だっただろう。疲れていないか？」

「全然」

グレッグの問いに、俺はそう答える。

こんなこともあろうかと、事前に座布団を作っておいた。おかげで尻も痛くならず、快適な旅をすることができた。

道中の魔物グルメも旨かった。星空の下で食べるご飯も格別だ。うちのユキマルも喜んでいた。

「では、私は商業ギルドに顔を出しておきます。勝手に商売すると怒られるんでね」

「俺は冒険者ギルドだ。一応、この旅はギルドからの依頼だったからな。マリンブルーズのギルドは、エスペラントのギルドと提携している。報告が必要なんだ」

「レンくんたちはどうするつもりですか？」

「街中を観光するよ。早く海鮮丼を食べたいし」

「そうですか。では、また後ほど」

そう言葉を交わして、一旦エリックとグレッグの二人と別れた。

「じゃあミリア、ユキマル。行こうか。街をぶらぶらしよう」

「はい！」

俺たちは人が多い方に歩き出す。

街中に並んでいる家々は、まるでカラフルなパレットのように、ユニークな色と形で街を彩っていた。

海風に吹かれて揺れる洗濯物が風情を感じられて、それはさながら街全体が絵画のようである。

ユキマルはミリアに抱っこされている。お店の看板ウサギもしているとあって、いつの間にかユキマルは彼女と仲良くなっている。

歩いているだけで、周囲から視線を感じる。ミリアが可愛いからだろう。それともユキマルか？　どっちもか。

「潮風が気持ちいいね」

「ですね。あとで髪がガシガシしそうですけど」

とミリアが苦笑する。

髪は女の命だ。なんとかしてあげたい。

そこで俺は海鮮丼を食べる前に、市場であるものを探す。あったあった。石鹸《せっけん》だ。海の香りがするらしい。本当かなあ?

あとでシャンプーとリンスを作ってあげよう。質が良かったら、アルケミーポットに並べてみてもいいかもしれない。

石鹸以外にも、いくつか錬金術の素材となりそうなものを買う。

中でもフレキシブルロッドと魔力伝導糸というものは面白そうだ。

二つとも、魔力を通しやすい材質でできているらしい。今からなにを作ろうかと想像を膨らませる。

しばらく歩いていると、美味しそうな魚料理を出す店を見つけた。

「昼飯はここにしようか」

俺たちは揃って中に入る。

メニューを拝見……あった。海鮮丼だ。俺とミリア、ユキマルの二人……と一匹分の海鮮丼を注文する。

少々お高かったが、海鮮丼だし仕方がないだろう。とはいえ、最近はアルケミーポットの収入もあって、正直うはうはだ。これくらい払っても、ちっとも痛くない。

海鮮丼が出てきた。マグロとサーモン、かんぱち、いか、海老がふんだんに盛り付けられている。なかなかボリュームがあるな。豪華だ。

早速口を付ける……旨い！

新鮮な魚はやっぱり良い。ぷりぷりしている。マリンブルーズに滞在している間、こんなに美味しいものをずっと堪能できるんだろうか？　心躍る。

「美味しいです！」

ミリアも気に入ってくれたのか、海鮮丼を食べて嬉しそうな声を上げる。

「私、こんなに美味しいものを食べたのは初めてかもしれません」

「そうかそうか。まあ、気が済むまで食べればいい。いくらでも奢ってあげるから」

金持ちのおっさんが女に飯を奢るのって、こんな気持ちだったんだな……前世では味わえなかった喜びを知る。

「いえいえ、私にも払わせてください。レンさんに奢らせるわけにはいきません」

「でも……」

「アルケミーポットも繁盛してて、今の私はちょっとした小金持ちなんですよ？　ちょっとはお姉さんさせてください」

奢るのを断られた。しょぼーん。

だけど、ドヤ顔で胸を張るミリアは可愛かったので良しとする。可愛いは正義なのだ。

「ユキマルも気に入った？」

俺が話を振ると、ユキマルは何度も頷いていた。

「ユキマルちゃん、お利口ですねえ」

「だね」

「本当にウサギなんでしょうか？　人間の言葉が分かっている節もありますし、なんでも食べます。こんなウサギ、見たことがありません」

「さあ？」

ウサギじゃないような気がしたが、知ろうとすると面倒そうなのでやめた。

また女神の声が聞こえてきたら、ユキマルとシロガネのことを尋ねてみてもいいかもしれない。それくらいの緩い考え。

◆

お昼過ぎ。

俺たちは仕事を終わらせたグレッグとエリックの二人と、合流することになった。

「海で遊ぼうぜ」

再会するなり、グレッグがそう提案してくる。

「……まあ、グレッグが行きたいって言うなら、付き合ってもいい」

「あんまり乗り気じゃないんだな？　海鮮丼の時は、早く食べたい！って感じだったのに」

「運動はあまり好きじゃないから……」

日焼けがして、肌がピリつくのも嫌いである。

それに海といったらパリピだろ？

俺みたいな陰キャは海なんかに行くと、パリピに浄化されてしまうのだ。

「私はレンさんと一緒に遊びたいです」

「よし、行こう」

「お前……ミリアに言われたら、即決なんだな。まあ仲が良いのはなによりだ」

とグレッグが微笑ましそうにする。

そりゃそうだろ。ミリアみたいな可愛い女の子が海に行ったら、ナンパされるじゃないか。

俺が守らねば。

俺たちは海岸に向かって歩き出す。心なしか、海に近付くにつれて人が多くなっていく気がした。

海岸に到着。海岸は人で溢れている。あちこちで人々の楽しそうな声や水飛沫《みずしぶき》の音が響き、遠くで聞こえる波の音がその喧騒《けんそう》を優しく包んでいた。

俺たちは近くの海の家で水着を購入し、更衣室で各々水着に着替えた。

そして水着を披露。

ミリアはワンピース型の水着の上に、白くて薄いシャツを一枚羽織っている。頭に麦わら帽子を被っていて、とてもキュートだった。

グレッグとエリックの二人は……特に説明する必要はないだろう。強いて言うなら、やはりグレッグは鍛えているのか良い体をしていた。それだけだ。

しかし……この人がごった返しているところで泳ぐのか。早くも疲れる。

「レンくんがそんな顔をするような気がしていましたよ。私に付いてきてください」

苦笑いするエリックが、俺たちをあるところに連れていってくれる。

そこは先ほどの海の家から離れたところだ。さっきよりも人が少ない。

なるほど、これはなかなかの穴場スポットだ。

「エリック。こんな場所をよく知ってたね」

「私はこの街に来るのは初めてではないので。商売で何度か来たことがあります。そんなことより……さあ、遊びましょう。あなたを見ていると忘れそうになりますが、子どもは遊ぶのが仕事ですよ？」

そう言って、エリックとグレッグの二人が泳ぎ出した。

……とはいえ、俺は泳ぐのがそんなに好きじゃない。ミリアも同様に泳ぐのは苦手らしい。

どうやら、獣人はみんなそうだということだった。ユキマルは……どうなんだろう？

だから俺たちは海に入らず、砂浜で砂遊びに興じていた。

「見てください！　レンさん！　砂のお城です！」

「おおー、上手くできたな」

立派な砂のお城だ。芸術品として飾ってもいいくらい。俺がコンクールの審査員なら、彼女の砂のお城には大賞を与えよう。

「俺も作るか……ほい」

砂に手を付け、一瞬で砂のお城を完成させてしまう。

無論、錬金術を使った。

「さすがです。レンさん」

「なに。俺はセンスがないから、ミリアみたいに芸術性がない。こんなものは、なんの価値もないよ」

「レンさんにセンスがない……？　謙虚ですね。レンさんにセンスがないなら、世の芸術家はすべからく廃業ですよ」

言いすぎだろ。そんなツッコミを心の中だけに留めた。

ってか……そもそも錬金術で砂のお城を作るのは、なにか間違っている気がする。

禁忌を犯した気分だ。こんなものは遊びじゃない。

もしかして……俺は遊ぶことが苦手なのか？

思えば、前世でも学生時代は受験勉強やらバイト、就活。社会人になってからも時間が取れず、派手な遊びはしてこなかった。

あれ？　俺、中身は大人なのに遊び方を学んでこなかった？　今更の事実に気付いて愕然《がくぜん》とする。

しかし思い直す。

今から遊び方を知っていけばいいじゃないか。もちろん、健全な遊びだ。そのために俺は異世界に来たのかもしれない。

——これも言いすぎか。

◆

それから砂浜でミリアとユキマルと追いかけっこをしたりして時間を過ごしていると、グレッグとエリックの二人が戻ってきた。

「お前ら、ちょっとは泳がねえのか？」

怪訝《けげん》そうにグレッグが俺たちを見る。

「言っただろ？　運動はあんまり好きじゃないんだ」

「そもそも私は泳げません」

「せっかく海に来たっていうのによ……まあ、そうやって砂浜で遊んでいるのも楽しそうだが」

とグレッグがポリポリと頭を掻く。

そういえば、腹が減ってきた。さっき、海鮮丼を食べたばっかりだというのに足りなかったっぽい。子どもの食欲ってすごいね。

その二つを一気に解決する方法。

「釣りでもするか」

俺はビーチパラソルの下に置いてあった、アイテムバッグから三つの素材を取り出す。

市場で買っておいたフレキシブルロッドと魔力伝導糸、最後はいつもお馴染《なじ》み水の魔石だ。

錬金術で素材を組み立てる。あっという間に釣竿《つりざお》が完成した。

《魔法の釣竿……握って振るえば、サーチ機能が発動する魔法の釣竿。微量ではあるが、使用者の魔力を使用するので、のめり込みすぎには注意》

「ほほお、釣りですか。いいですね。見たところ、普通の釣竿ではなさそうですが……」

「エリック、目の付け所がいいね。ちょっと見てて」

俺たちは堤防があるところまで場所を移す。

前世では仲の良い同僚に、何度か連れていかれたくらいだ。楽しかったが、得意というわけでもない。

釣竿を振って、釣り糸を垂らす。

すると頭の中に海中の様子が浮かんできた。

むむむ、魚の反応。ならば……と思い、釣り糸を動かす。

……ヒット！　早速、魚が食いつき俺は釣竿を引く。強い力で引っ張られたが、俺は難なくシーバスを釣り上げた。

「おお！　運が良かったな、レン」

「さすがです、レンさん」

「いえ……ただ運が良かっただけのように思えないのですが……？　まるで海の中に目があるようでした」

エリック、当たりだ。やはり商人だからなのか、観察眼が備わっているな。

「その通りだ。エリック、一回使ってみる？」

「はい」

エリックに釣竿を渡す。俺はその隙に、余った素材でもう一本釣竿を作っていた。

「こ、これは……！　魚がどこにいるか、はっきりと頭に浮かんできます！」

「おいおい、ほんとかよ。エリック、俺にも貸してみろ――マ、マジだ！」

もう一本の釣竿が完成したところで、エリックとグレッグの驚きの声が聞こえてきた。

二人も無事に魚を釣り上げたようだ。

「レンくん。これは一体……？」

「水の魔石を使って、海中の探索機能も付けておいた。フレキシブルロッドと魔力伝導糸は、魔法が使えない者にもスムーズに魔力が伝わるようにするためだね。握れば、自動的に魔力が釣竿に伝わるようにしている。ついでに魔力のおかげで、弱い力でも魚を釣り上げることができる」

「なんということ！　そんな便利なものが！」

エリックが声を大にして、目を見開く。

「こんなものがほいほい使えたら、釣りに革命が起きますよ」

「どうも」

そう礼を言うと、エリックは釣竿を凝視して少し考えてから。

「レンくん……少しお話があるのですが、この釣竿で私に商売をさせてくれませんか？　もちろん、売れた場合はマージンも払います。素材の経費分を差し引いた売上で、レンくんが九割というのはどうでしょう」

「きゅ、九割⁉」

エリックには世話になっている。アルケミーポットの営業を開始する時、供託金も払ってもらったしな。

だから釣竿を商売の道具にされるのはいい。エリックとの約束もある。しかし九割はもらいすぎじゃないだろうか？

「受け取っておけよ、レン。ケチなエリックがこんなことを言い出すんだぞ？　滅多にないチャンスだ」

「そうですよ、レンさん。レンさんの作った釣竿は、それだけの価値があります」

グレッグとミリアも賛成してくれている。うーん、しかしだな……小心者すぎて、なんだか悪い気がしてくる。

「分かった。しかし九割はさすがにもらいすぎだと思う。八割に減らしてもらってもいい？」

「レンくんは謙虚ですね。分かりました。釣竿が売れた場合、私に二割。レンくんに八割といきましょう」

まとまった。

ちょっと、もったいないことをしたか？

いや、素材があれば釣竿なんていくらでも作れる。

ほとんど働いた感じもしないのに、お金がもらえるだけ儲けものと考えよう。

「じゃあ、もう少し釣りを続けようか。ミリアもやってみる？」

「ぜひ！」

新しく作った釣竿をミリアに渡す。

ミリアが次から次へと魚を釣り上げていった。大漁にうちのユキマルもはしゃいでいる。

「ん……？」

釣りは順調であったが、なにか気になることでもあったのか、ミリアが首を傾げた。

「どうした？」

「いえ……海の中で変な反応があるんです。魚のようで魚じゃないような……」

「魚のようで魚じゃない？　ちょっと貸してみて」

言葉だけではいまいち分からなかったので、ミリアから釣竿を受け取る。

……本当だ。魚と人間が入り交じったような、不思議な魔力が感知できる。半魚人？　どちらにせよ、ここからじゃその正体が分からない。

「気になるな」

俺の勘が働く。これは俺のスローライフを邪魔するものだ。

しかし上手く扱えば、さらなる美食が俺たちを待ち受けている——気がする。

運動が嫌いだと言っている場合じゃない。

「ちょっと行ってくる。ミリアは危ないから、ここで待っておいて」

「行ってくる……ってどこに？」

「海の中だ。でも安心して。魔法で体の周りに薄い膜を張って、海の中でも呼吸ができるようにするから――ん？　ユキマルも行きたいの？」

視線を下に移すと、ユキマルがキラキラとした瞳で俺を見上げていた。「ぼくも泳ぎたい！」――そう言っているかのようだ。

「分かった。ユキマル一匹くらいなら大丈夫だろう。じゃあ行ってくるよ」

「おいおい、レン。どこに行くんだ――」

少し離れたところで釣りに興じていたグレッグが、俺たちの様子に気が付く。

しかしもう遅い。

さすがに二人分に魔法をかけて、制御するのは不安が残る。魔法が解けたら、溺死ルートまっしぐらだからな。俺とユキマルだけで十分だ。

グレッグが駆け寄ってくる前に、俺は海に潜った――。

◆

ぐんぐんと深度を下げていく。魔法のおかげで、はっきりと辺りも視認できた。

海の中はとてもキレイだった。

沖縄でスキューバダイビングをしたことがある。あの時も透き通った青色の海と、海水魚たちに感動したが……異世界の海はそれ以上な気がする。

日本より、環境汚染が進んでいなそうだしなあ。

そんなことを考えながら潜っていくと、歌声が聞こえてきた。


『――夢見る――魅惑の波――心奪わ――永遠《とわ》に踊ろう』


その反応に俺たちはさらに近付く。

やがて歌の正体が分かる。上半身は美しい女性の姿であったが、下半身が魚。そんな女が複数人いる。

に、人魚……だろうか？　そうじゃないと説明が付かん。

『――夢見る海へ、おいでませ。魅惑の波に、身を任せ。心奪われ、永遠に踊ろう』

彼女たちは琴のような楽器を持ち、音楽を奏でている。

確か……リュートっていう種類の楽器だったろうか？

聞こえてきた歌は彼女たちが歌っていたもののようだ。

『そこの男の子。私たちと一緒に歌いましょう。きっと楽しいですわよ』

人魚（？）は俺たちを見つけ、そう声をかけてくる。

なんか、さっきからじっと見つめてくる。そんなにジロジロ見られたら不快だ。

それに。

「嫌だ。君たち、なんか悪いことを考えているでしょ」

彼女たちから悪意を感じる。俺は他者の悪意に敏感だ。昔、恋人に浮気されて捨てられた経験もあるもんでね。これでもそれなりに人生経験を積んでいるのだ。

俺に断られると思っていなかったのか、人魚たちは一瞬取り乱す。しかしすぐに表情を取り繕った。

『て、照れ屋さんなのですね。照れなくてもいいですわよ。そうだ。歌だけじゃなくて、もっと良いことをしてあげましょう――』

「いや……下半身が魚の半魚人に、そんなことを言われても全く心惹かれないんだけど……」

子ども相手にそんなことを言う人魚に、ちょっと引いた。

すると彼女たちは見る見るうちに、顔に怒気を孕《はら》ませ、

『こ、こんの……っ！　下手に出てれば良い気になりやがって！』

『お子ちゃまには、私たちの魅力が分からないのよ。やってしまいなさい！』

といきなり襲いかかってきた。

ユキマルが怖がっている。ユキマルをこんなに怖がらせるとは……ちょっと様子を見にいくくらいの予定だったが、気が変わった。殲滅《せんめつ》だ。

魔石を大量に使って、人魚たちを仕留める。

人魚は弱かった。

俺が強かったわけではない。

『なんで人間なんかに……』

一人残らず、人魚たちは息絶えた。

異世界の人魚って好戦的なんだな。前世の人魚のイメージとあまりに違っていて、戸惑う。

◆

海中の変な反応の正体も分かったところで、俺とユキマルは地上に舞い戻った。

「お、おい、レン！　大丈夫かよ！　いきなり海の中に飛び込んで……」

真っ先にそう駆け寄ってきたのはグレッグだ。

「ごめんごめん。事情を説明せずに、勝手に行動して。お詫《わ》びに土産を持ち帰ってきたよ」

「土産？」

首をひねるグレッグ、そして他のミリアとエリックにも人魚から採集したものを見せてあげる。

「こ、これは……っ！」

まず反応を示したのはエリックだった。

《セイレーンの鱗粉塩《りんぷんじお》……セイレーンの鱗から抽出される粉末状の塩。料理に独特の風味と輝きを与える》

「お前⁉　まさか海中でセイレーンに遭遇したのか？」

次に慌てて俺の両肩を掴んで、揺さぶったのはグレッグ。力が強すぎて、ちょっと気持ち悪くなる。

「そうだけど……」

「だ、大丈夫だったか？」

「見ての通りだ。人魚ごときで、どうしてそんなに焦っているんだ」

そう言うと、グレッグとエリックは同時に溜め息をついた。

「確かに……セイレーンは人魚の元となった存在だ。だが、童話の中で語られる人魚とは似ても似つかないぞ」

「セイレーンは美しい歌声と容姿で男たちを誘《おび》き出し、魔力を根こそぎ搾取してしまう恐ろしい魔物です。本来なら、セイレーンの魅惑に耐性がある冒険者複数でパーティーを組み、討伐しなければならない魔物なんですよ」

「魔物……？」

ああ……セイレーンって、どこかで聞いたことがあると思っていたが、魔物だったか。人魚の別称だと思っていた。

しかしどうして俺に魅惑が効かなかったんだろう。俺が子どもだったから？　なら、運が良かった。

「レンさん、さすがです！」

ミリアは手を組み、キラキラと瞳を輝かせた。

「済んだ話だから、もういいだろう。そんなことより、この塩をかけて魚を食べよう。だから持ってきた」

セイレーン自体も食えるかもしれないが、上半身は人間の姿。さすがに食べる気になれなかったので、残りは放置した。

「レンは相変わらず、突拍子もなくとんでもないことをやってのけるな。まだまだ目が離せない」

「グレッグ、早く」

「ああ！　分かったってば！」

とヤケクソ気味のグレッグ。

グレッグは手慣れた様子で魚を捌《さば》き、内臓と頭を取り除く。その間、俺は火をおこす。

皮を残したまま、骨を取り除いて薄切りにしてグレッグは魚を焼いた。

仕上げにセイレーンの鱗粉塩を適量振りかける。すると焼き魚が輝く鱗のような美しい色を放った。完成だ。

「旨い」

早速食べてみると、ただの焼き魚というのに塩がきいてて美味しかった。

変な生臭さも取れていて、これならいくらでも食べられそうだ。

「ミリアはどう？」

「美味しいです！」

よかった。ミリアの幸せそうな顔を見られるなら、俺はなんだってするかもしれない。

ふと思う。もしセイレーンがミリアの姿だったら、俺はどうなってた？

……いや、それでも下半身が魚そのものなのだ。やはり後れを取る想像はできない。

もちろん、焼き魚をユキマルにも食べさせてあげる。

ユキマルも美味しそうに食べていた。可愛い。

「セイレーンの鱗粉塩は、とても貴重なものです。冒険者ギルドか商業ギルドに持っていけば、高値で換金してくれるでしょう。どうしますか？」

「持っていかない。お金より、もっと大切なものがあるから」

エリックの質問にそう答えると、「稼ごうと思えば、いつでも稼げますもんね。大人顔負けの余裕です」と感心していた。

だが、俺はシロガネにもこの美味しさを堪能してもらいたいだけだ。俺とユキマルだけが、この美食を堪能するのは申し訳ないしな。

幸い、アイテムバッグの中にものを入れておくと、鮮度も維持されるらしい。せっかくだから、マリンブルーズ滞在中に、何匹か海魚を仕入れておこう。

これでエスペラントに帰ってからでも、新鮮な海魚を堪能できる。

◆

あれから俺は件の釣竿を量産し、エリックに渡した。

彼はそれを使って、貴族を中心に釣竿を売り込んだらしい。売れ行きは好調だったようで、俺に多額の金が舞い込んできた。

「こ、こんなにもらっていいの？」

「はい。最初に約束していましたので」

「でも……それにしても、ちょっと多いような？」

「少し色を付けておきましたよ。釣竿は貴族たちにも好評で、末長いお付き合いを約束してくれました。マリンブルーズの貴族にコネができたことを思えば、安いものです。なんなら私の方こそ、申し訳ないほどです」

とエリックは言っていた。

俺は小心者だ。だからろくに働いてもいないのに、これだけお金が増えるとビビる。

いや、正確には錬金術で釣竿を作ったから、働いていないわけではないが。

断ろうとしても、グレッグには「受け取っておけ」とまたアドバイスされた。

もらえるものは、もらっておくか。


そしてエリックの用事も済んだようで、俺たちはマリンブルーズを離れて、街に帰ることになった。


「また来たいな」

「ですね」

ミリアもそう返事をしてくれる。

マリンブルーズは良い街だった。飽きるほど海鮮丼も堪能した。今度はミリアとユキマルだけではなく、シロガネも連れてこられたらいいな。

この街には数日しか滞在していないが、帰るとなったら何故か寂しくなるものだ。

マリンブルーズの潮風に、俺は心の中で別れを告げた。

◇◆◇

「おい……どう思う？」

マリンブルーズを出て、街まで帰る道中。

グレッグはエリックに話しかける。レンとミリア、ウサギのユキマルはテントの中で眠っている。

「どう、とは？」

「レンだよ。やべぇ釣竿を作るわ、セイレーンを討伐するわ。挙げ句の果てには、セイレーンの鱗粉塩を売らない？　いくらなんでも世間知らずすぎるだろ」

セイレーンの鱗粉塩は量にもよるが、売れば一年は遊んで暮らせる。それなのにレンは売らずに、自分で使うと言っている。グレッグの価値観に照らし合わせたら、有り得ない行動だ。

「そうですね……やはり落とし子だからでしょうか。金銭感覚が庶民とは違うかもしれません」

「それにしては、お前からの分け前をもらうのを渋っていたからな。レンの感覚はよく分からん」

「正直──私も混乱していますよ。ただ、考えても仕方がないでしょう？　レンくんが自分で語ろうとしない限り、私たちが事情を詮索する必要はありません」

エリックの言う通りだ。明らかにレンは、自分たちに話していない事情を抱え込んでいる。

しかしそれを尋ねることが、レンの心の傷をえぐることになるかもしれない。

レンが規格外すぎて忘れそうになるが、彼はまだ十歳の子どもなのである。

「だな。俺たちにできることは……レンを守ってあげること」

「ええ。常識を知らないことは確かですからね。どういった事情があるのか分かりませんが……レンくんが悪い人に騙されないように、私たちで守っていきましょう」

エリックの言葉に、グレッグは頷いた。

第六話　祭りは楽しいけど、人混みは嫌い

最近、少し涼しくなってきた。

どうやら、暑さの峠は越したらしい。夏も終わりに近付いてきている。あれほど早く終わってほしいと憎んでいた暑さも、しばらくお別れだと思うと寂しい。

俺はグレッグとエリックの二人に誘われて、『炎と鉄の盃』に訪れていた。

ここの料理も旨いが、海の街マリンブルーズで食べた海鮮丼を思い出すと、また食べたくなる。

マリンブルーズで仕入れた海魚の在庫もほとんどなくなったからな。残っているのは、海老とかタコくらいだ。

「レン。最近はどうだ？」

肉串を片手に、グレッグがそう尋ねてきた。

「特に変わらない。毎日魔物を狩って、そうじゃなかったら、アルケミーポットの手伝いをしている。充実してるよ」

「働きすぎじゃないですか？　もう少し、ゆっくりしてもいいんですよ」

とエリックが俺の体を気遣う。

マリンブルーズの一件から、この二人は今まで以上に俺のことを心配してくれる。なんでも「目が離せない」とのこと。子どもだから仕方がないが、そろそろ独り立ちさせてほしいものだ。

「大丈夫。無理をしない範囲で動いているだけだから。疲れたら、すぐに休むよ」

俺はそう肩をすくめる。

実際、前世に比べるとこの世界は甘々だ。冒険者だからというのもあるが、休みたい時に休めるし、給料もいい。日が暮れたら帰って、美味しいものに舌鼓を打ちつつ、ウサギ親子を愛でる。

定時を過ぎても残業をして、毎日すり減らしながら生きてきた前世が嘘《うそ》のようだ。

「夏も終わって、これからさらに気温が下がる。気温差で風邪を引くこともある。体調管理には気を付けろよ」

「ああ、そうそう。夏も終わり……といえば、レンくんはこの街で開かれるお祭りを知っていますか？」

「祭り？」

首をひねる。

「これから丁度一週間後、エスペラントで夏祭りが開かれるんですよ。出店もたくさんありますし、大きなお祭りです」

「この日のために、夏を頑張ってきたというやつもいるくらいだ」

夏祭りか……そういえば、最近街の中がやたら忙しかった気がする。なんだろうと疑問に思っていたが、祭りの準備をしていたからかもしれない。

「レンはどうする？」

「そうだな……人混みは嫌いだけど、興味はある。ミリアとユキマルも連れて、顔を出してみようかな」

「それがいい。夏の終わりの祭りは、この街の名物だからな。それ目当てで他の街から、観光客が訪れるほどだ」

と誇らしげにグレッグが言う。

観光客が来るとなったら、さらに人でごった返しそうだ。人が多いところにいると、体力が削られる。

当日は祭りの雰囲気だけ楽しんで、すぐ帰ることになりそうである。

「ですが、気を付けてくださいよ。当日の出店の中には、悪質なものも多いので」

「悪質……ぼったくりの値段を吹っかけられたり、祭りのくじにハズレしか入っていないとか？」

「そういったものです。特にレンくんは子どもです。悪い大人に狙われるかもしれません」

「そうだぞ。だが、安心しろ。当日は俺とエリックが目を光らせてやる。悪い大人から、レンを守ってやるんだからな」

いつの間にかグレッグとエリックが、一緒に行動してくれることになった。

別に二人のことは嫌いじゃないし、いいんだが……ここまで過保護だと、ちょっと戸惑う。

「もしレンくんに、悪いことをしようとした大人がいたら、商業ギルドを通してそいつの身元を割って――」

「レンに喧嘩《けんか》を吹っかけ……ってのは、レン自身が強いから大丈夫だと思うが、万が一がある。俺がボコボコにして――」

二人は俺を置いて、当日の話で盛り上がっている。物騒な話も聞こえてきたが、無視する。

ミリアは夏祭りのことを知っているんだろうか？　アルケミーポットに寄って、聞いてみよう。

◆

アルケミーポットに行くと、ミリアがガラの悪い男どもに絡まれていた。

「げ!?　お前は！」

「どうしてお前がここにいる!?」

おやおや……どこかで見たことのある顔だと思ったが、夏前にミリアに絡んでいた連中か。

もう牢屋から出てきていたんだな。

「お前ら、反省していなかったんだね。ここでなにをしている――って聞くまでもないか」

男たちに囲まれて、ミリアはびくびくと震えていた。

笑顔が似合う彼女に、こんな顔をさせるんだ。

許さん。

「お、おい！　ずらかるぞ！」

「また電撃でビリビリさせられちまう！」

「小僧！　運がよかったな。今日の俺らは気分がいい。次に会う時は覚悟しておけ！」

と捨て台詞を吐きながら、男たちは逃げようとする。

だが。

「見逃さないよ」

雷魔法を放つ。直撃し、男たちは床に倒れて気を失った。

「ミリア、大丈夫だった？」

「は、はい。またレンさんに助けてもらいましたね。ありがとうございます」

ミリアが俺に駆け寄り、身を寄せる。

「はあ……こいつらにも困ったもんだ。また自警団に突き出しても、すぐに戻ってくるだろうし」

悩ましいところだ。

考えていると、男の一人が「ん……」と声を発し、目を開いた。

三日は眠ってもらうつもりで魔法を放ったが、店内の商品を傷つけてはいけないという思いもあって、どうやら加減しすぎてしまったらしい。

彼は続けて「く、くそ……」とうめき、こう口を動かした。

「て、てめえ……俺らに逆らうなんて、良い度胸だ。俺らがなんなのか分かってんのか？」

「知らない」

「やはり知らなかったか……よく聞け。俺らはクロノワール団だ！　俺らをこんな目に遭わせて、ただで済むと思うなよ！　くくく……」

「もう一回黙ろっか」

うるさかったので、再度雷魔法を当てる。今度は加減というネジを外したので、しばらく起き上がってこないはずだ。

「おっと、勢いでやってしまったが……ミリア、クロノワール団ってなんなのか分かる？」

「はい。ああ、とうとうレンさんに知られてしまった……」

うおっ、なんだ。この重々しい雰囲気。クロノワール団って、闇の組織だったりするのか？

ミリアは沈痛な表情でこう続ける。

「クロノワール団は、この街を牛耳っている犯罪組織です。窃盗や人殺し、なんでもやります。祖父から受け継いだお店――アルケミーポットはもう営業しているので、難癖付けられることはないと思っていました」

「だけど、男たちはまだこの店を諦めていなかった」

「はい……薄々、彼らがクロノワール団の団員ということは知っていたのですが、レンさんを巻き込みたくないと思い、今までお伝えしていませんでした。いくらレンさんが強くても、クロノワール団に目を付けられたら、敵わないと思っていましたので……」

「…………」

ミリアからの話を聞いて、俺は一頻り考え込む。

事態は思ったより、深刻だったらしい。

これ以上この男たちを痛めつけても、クロノワール団はアルケミーポットを諦めてくれないだろう。やつらにもメンツがあるからだ。

そうなると……。

「レンさん？　もしかして、クロノワール団に立ち向かおうと思っていませんか？　ダメですよ。今なら、まだ引き返せます。このお店も大事ですが……私はそれ以上にレンさんのことを大切に思っています。私、レンさんがいなくなったらと思うと、どうしたらいいか分からなくって……」

「安心して、ミリア」

ミリアを安心させるように、彼女の頭を撫でる。

「無茶はしない。ミリアを悲しませるようなことを俺はしない」

「本当ですか？」

「本当だ」

頭を撫で続けていると、やがてミリアは落ち着きを取り戻し始めた。

「ふふふ。私、情けないですね。本当は私がレンさんを慰める立場のはずですが……これではどっちが年上か分かりません」

「気にしないで。歳が上だとか下だとかは、この際関係ないから」

ミリアを悲しませるようなことを俺はしない。

そして彼女の笑顔を奪ってしまうようなことが起こったら、俺は全力で排除する。

◆

ミリアと別れて、俺は冒険者ギルドに向かった。

グレッグにクロノワール団のことを聞こうと思ったが、それはダメだ。最悪、グレッグも俺のやることに巻き込まれてしまう。

俺一人でケリを付ける。

しかし情報は必要なので、俺は受付嬢のアリシアさんに尋ねてみることにした。

「クロノワール団は、この街で一番大きい犯罪組織です。そのネットワークは他の街にまで及び、国としても彼らの対応にほとほと困り果てているのが現状です」

ギルドは街の治安を守ることが、主な仕事である。ギルドも、クロノワール団の情報は収集しているはず。

だから彼女に聞いてみたが……ビンゴだったようだ。

「それなのに、どうして今まで団を潰さなかったの？」

「簡単には潰せなかったんです。クロノワール団は妙な武器を大量に保持しており、そのせいでギルドとしても慎重にことを進めるしかありませんでした」

「妙な武器？」

「拳銃と呼ばれる武器です。なんでも、引き金を引くだけで一撃必殺の弾を発射できる仕組みらしいんです。そう……丁度、このように」

とアリシアさんが右手で拳銃のポーズを作り、バーンと手首を曲げる。

拳銃……か。

どうして、そんなものがこの世界にあるんだ？

仕組み自体は、そこまで複雑でもないそうなんだがな。そもそも俺の思っているものと違うかもしれないが、違和感はあった。

「そんな武器があったら、武に長《た》けているものだったり魔法使いじゃなくても、持っているだけで十分戦力になるね」

「はい、その通りなんです。クロノワール団のアジトの場所は既に把握しています。ただ今は冒険者を集めているところでして……金ランク以上の冒険者は、グレッグさん以外ほとんど街から離れていますし」

色々と理由を言っているが、ギルドもクロノワール団にビビっているということだろう。それをギルド側から口にできないのが難しいところだな。

「なるほど。分かった、ありがとう。それから……拳銃について誤りがある。まず、一撃必殺ではない。そういう風に見えるだけ。実際は素人だとなかなか狙いが付けられず、弾が当たらない。一撃で相手を殺せるかと言われると、それも当たりどころ次第だ。そして弾数にも限りがある。拳銃にも弱点が多いんだ」

「レンさん……？　拳銃にとてもお詳しいんですね？」

「まあね。そんなことより、クロノワール団のアジトの場所が分かっているなら、俺に教えてくれないかな？」

「それは構いませんが、もしかしてレンさん――なにか企んでいませんか」

「企む？　ソンナコトナイヨ。キョウミガアルダケダヨ」

「本当ですかあ？　……まあレンさんになら教えても大丈夫でしょう。場所は――」

その後、俺はアリシアさんからクロノワール団のアジトの場所を教えてもらった。街の外れ。今はもう使われていない倉庫が、やつらのアジトになっているらしい。

とはいえ、アジトの場所は転々としている――とのことだった。時間をかけては、やつらの尻尾が掴めなくなってしまう。

さっさと済ませよう。

クロノワール団――覚悟しろよ。俺の大事な人に手を出したのが悪いんだ。

◆

「おっ、ここか」

アリシアさんから聞いた情報をもとに、俺は早速クロノワール団のアジトに乗り込んだ。

奥には一人だけ椅子に座っている偉そうな男。その周りには複数のガラの悪い男どもが。

あいつがクロノワール団の団長か。

団長らしき男はゆっくりと口を開く。

「くっくっく……まさか本当に来るとはな。君を待っていたよ、レンくん」

「俺の名前を知っているの？　それに……その様子だと、俺が来ることも知っていたようだけど？」

「ギルドにはうちのスパイを紛れ込ませている。ギルドの情報は筒抜けなんだよ」

「なるほどね。分かっていたのに、どうして逃げなかった？」

「うちの団員が世話になったみたいだからな。そのお礼だ」

団長がパチンと指を鳴らすと、周りの部下がジリジリと距離を詰めてくる。その手には細長い形状の黒い塊が握られている。あれが拳銃だろう。

「さっさとあの店を明け渡せ。あそこの土地を高値で買いたいって言っているやつがいてよ。そいつに売るんだ」

「俺が『いいよ』と言うとでも？」

「交渉決裂だな。死ね」

最初から予想していたのか、男どもが一斉に襲いかかってくる。

だが、慌てない。

俺は風魔法で体の周りに結界を張る。拳銃の弾丸が発射されるが、弾丸は結界に阻まれた。

「ど、どうなっている⁉」

「拳銃が効かない？」

「無敵の武器じゃなかったのか！」

気にせず、歩みを進める俺を見て、男どもが見る見るうちに狼狽《ろうばい》しだす。

「無敵？　笑わせないで」

こいつらからしたら無敵の武器かもしれないが、俺に言わせたらゴミだ。魔法の方が何倍もチートな気がする。

目新しい武器のせいで、間違った万能感を得たか。容赦はしない。こいつらは俺を殺そうとしたのだ。

俺は魔石を惜しげもなく使い、男どもを殲滅していく。

やがてアジトにいる連中を全て倒し、俺は団長の前に立つ。

「ま、待て！　話をさせてくれ！」

「話？」

「金ならいくらでもやる！　いくら欲しい？　一千万イェンか、一億イェンか。お前の言い値で払ってやる」

ニヤリと笑う団長の男。

「それをもらってやれば、もうミリアの店には手出ししないの？」

「しないしない。お前と仲良くした方が、よっぽど得になる」

「そうか……」

俺は剣を振り上げる。

「どんな面白い話をするかと思ったけど……つまらない。お前が約束を守るとは限らない。交渉するつもりなら、もう少しマシな話をしろ」

「くっ……！　舐めんなあああああ！」

追い詰められた団長は、銃口を俺に向ける。

ここまで至近距離だと、素人のこいつでも俺に命中させられるだろう。風魔法の結界も弾丸に貫かれる。

俺は弾丸が放たれる前に、拳銃に錬金術を使い、解体する。バラバラになった拳銃。

「え……」

「俺の大切な友達に手を出したことを後悔するんだね」

「ひ、ひえええええ！」

剣を振り上げただけで、団長は間抜けな悲鳴を上げて気を失ってしまった。

「全く……情けないやつだ」

剣を鞘《さや》におさめる。

ここまですればさすがに気付かれるのか、外がやけに騒がしい。自警団の人が入ってきたので、事情を説明してからその場を去った。

彼らはもっと詳しく話を聞きたがっていたがな。

しかし俺の目的は、ミリアに仇《あだ》なす存在を排除することだ。面倒なことは棚上げしたい。

◆

――とはいえ、周りの人間はそれを許してくれない。

翌日、ギルドに行くとグレッグに待ち構えられていた。

「お前、またとんでもないことをやってのけたな」

「とんでもないこととは？」

「とぼけるな。クロノワール団のことだ。まさか単身でアジトに乗り込んで、団を壊滅させるとはな。全く……俺に黙って――と説教したいところだが、今回はやったことがすごすぎる。よくやったな」

そう言って、グレッグは頭を撫でてくれる。

どうでもいいが、グレッグの力が強すぎるせいで痛い。いい加減、抗議しようか。

「ちょっ――痛」

「受付嬢のアリシアが呼んでるぞ。行ってこい」

言葉を続ける前に、今度はさらに強い力で背中を押された。ってか叩かれた。痛い。

「レンさん、クロノワール団の一件、ありがとうございます。ギルド職員全員、レンさんに感謝しています」

「俺が勝手にやったことだから気にしないで。話はそれだけ？」

「いえ——違います。単刀直入に言います。レンさんの冒険者ランクが銅から銀に上がりました。おめでとうございます！」

アリシアさんはそう告げる。

少し遅れて、ギルドにいる人たちがパチパチと拍手をして、俺を祝福してくれた。

「俺、ランクが上がるようなことをした覚えはないんだけど？」

「またまた〜。毎日、魔物を狩りまくって、しかもクロノワール団を壊滅させてしまう。これだけの功績を残して、一段階しかランクが上がらないことの方が不思議ですよ。冒険者になって、また三ヶ月くらいしか経っていないのにランク上昇は史上最速です。重ね重ね、おめでとうございます」

アリシアさん。そしてグレッグと周りの人たちは、みんな自分のことのように嬉しそうだ。

しかし。

「おい、レン。どうしてあんま嬉しそうじゃないんだ？」

「ソンナコトナイデスヨ。ウレシイデスヨ」

「全然そうは見えん」

グレッグには見透かされてしまったが……だって俺、冒険者として成り上がりたいわけじゃないもん。

ランクが上がることによって、面倒ごとが増えるのは異世界ファンタジー小説あるあるだ。

だからギルドに報告せずにクロノワール団をぶっ壊したわけだが、自警団を通じて話が伝わったか。こんなことなら口止めするべきだった。

「まあ過ぎてしまったことは仕方がないか。あ――それから、面白いものを作ったんだ。見てもらってもいい？」

「もちろんです」

俺はアイテムバッグからとある武器を取り出し、アリシアさんに渡す。

《魔法拳銃……魔石を弾丸として発射することができる拳銃。自動追尾の機能も備わっているので、弱い相手なら必ず命中する》

「これはクロノワール団のやつらからパクった拳銃だ」

「これが噂の――実物を見るのは初めてです」

「それにちょっと改良を加えてて……」

不思議そうにしているアリシアさんを横目に、俺は壁に向かって拳銃をぶっ放す。

勢いよく火の弾丸が飛び出して、壁に貼られていた紙が燃えた。すかさず水で消火したが、グレッグに「いきなり、なんてことをしやがる!?」と怒られた。

「ただの拳銃でも魔法拳銃だ。魔石を弾として装填すれば、属性攻撃を放つことができる」

「す、すごい！　これは誰でも使えるんですか？」

「魔石があったら……ね。これで魔法使いじゃなくても、魔法と同じ戦い方ができるかもしれない。せっかくだから、サンプルとして一つ渡しておこうか？」

「お願いします！」

物欲しそうにしていたので、アリシアさんに魔法拳銃をプレゼントする。

拳銃というのは弓や魔法の練度が低くても、誰もが遠距離攻撃できるところにメリットがあると思う。

しかし俺からしたら魔法の方がよっぽどチートで、使い道が広い。

だから魔法と拳銃を組みわせてみた。せっかくできたので人に自慢してみたかった。ただそれだけだ。えっへん。

「あ、ありがとうございます！　こんなのがあったら、戦いの歴史が変わりますよ！」

「大袈裟《おおげさ》だな」

ギルドの職員、そして冒険者たちが魔法拳銃を見てああだこうだ言っている間にその場から去る。

ミリアを守るためとはいえ、今回は少し頑張りすぎた。早くスローライフに戻りたい。

◆

そして数日後。

クロノワール団壊滅により、少しの間街は慌ただしかったが、予定通り夏祭りが開催されることになった。

「ミリアは浴衣も似合うね」

浴衣に袖を通しているミリアを、俺はそう賞賛する。

「ありがとうございます。レンさんも浴衣、似合ってますよ」

「そうかな？」

ってか、ミリアに無理やり着させられた。どうやら、この日のために二人分の浴衣を購入したらしい。

『いつもお世話になっているお礼ですよ。私からのプレゼントです』

とミリアは言っていた。

それくらい自分で買うのに。だけどミリアからの初めてのプレゼントだ。大切に着よう。

ユキマルもミリアに抱っこされて、とても楽しそうである。

美少女とウサギ、良い夏祭りだ。

俺、リア充か?と思っていたが……。

「グレッグ、遅いですよ。三分遅刻です」

「わりぃわりぃ。それくらいの遅刻は許せよ。商人は時間に厳しいな」

「当然です」

遅れてやってきたグレッグを、エリックがそう嗜《たしな》める。

俺とミリアだけで祭りを回るのは心配だということで、二人も来てくれたのだ。

「じゃあ揃ったところで行くか」

とグレッグが歩き出す。

「確か悪質な出店も多いんだったっけ?」

「いや……悪質な出店は、全てクロノワール団の仕業だった。しかしそれはお前がぶっ潰してくれた。そのおかげで今年の夏祭りは平和みたいだぞ」

なんだそりゃ。ますますグレッグとエリックが来る理由がなくなる。

だが、二人も一緒なのは純粋に楽しい。

それに（ユキマルもいるが）女の子と二人きりで祭りを回るのは、なにをしていいか分からなくなるところだったしな。自分で言うのもなんだが、基本的に女の子に対してウブなのだ。

夏祭りには楽しそうな出店が多く並んでいた。

焼きトウモロコシを食べた。うん、甘い。ユキマルが一生懸命、トウモロコシに齧り付いていたのが可愛い。

他にかき氷とチョコバナナ、焼きそばなんかも食べた。どれも美味しい。食べ歩きは祭りの醍醐味だ。

しかしこれらのラインナップ、そして祭りの雰囲気を肌で感じて、ふと気付く。どうして日本的なものばかりなんだと。

「珍しい食べ物がいっぱいあるだろ？　さすがのレンも驚いているみたいだな」

疑問に思っていると、グレッグに声をかけられる。

「そうだね。なにか理由があるの？」

「さあ……エリックはなにか知っているか？」

「異国の食べ物という説もありますが……こんな食べ物は、私もここ以外では見たことがありません。だから――私はもう一つの説を推しています」

「もう一つの説？」

「ええ。昔、不思議な方がこの国にはいたそうです。その方は今まで見たこともないものを、いくつも持っており、人々の間に広めた――と伝えられています。それをこの夏祭りで特別なものとして出しているのだと」

「はは、なんだそりゃ。レンみたいなやつが昔にもいた……かもしれないってことか」

エリックの話を、グレッグが笑い飛ばす。

不思議な方……？　そういえば、俺が転生する時女神は言っていた。『またやっちゃいました』と。

もしかしたら、俺がここに来る前にも日本人を転生させたことがあったのかもしれない。そいつがかき氷や焼きそばといった料理を広めたと。拳銃もそいつの仕業かもな。

なにせ俺を転生させたのは、あのドジっ子女神だからな。可能性としては有り得る。魔石がたくさんある山だったり、ウサギ親子の存在だったり……まだまだ俺の知らないことがたくさんあった。

その後、食べるだけではすぐに飽きるので、水ヨーヨー釣りにも挑戦した。袖を捲って、真剣に水ヨーヨー釣りを楽しむミリアは色っぽかった。

ミリアは水ヨーヨーを一つも手に入れられなかった。代わりに俺が挑戦する。錬金術で釣りやすくなる魔導具を作ろうか……と思ったが、グレッグたちに止められた。

前世の経験もあって、なんとか水ヨーヨーを一つ釣り上げることに成功。

「すごいです。レンさんはなんでもできますね」

「大したことないさ。それと……これ、ミリアにプレゼント」

「私に？」

俺が差し出した水ヨーヨーを見て、きょとんとするミリア。

「ああ。浴衣とは釣り合いが取れないかもしれないけど……受け取ってくれると嬉しい」

「嬉しい……！　ありがとうございます。大切にしますね」

嬉しそうにミリアは水ヨーヨーを受け取る。水ヨーヨー一個で、これだけ喜んでくれるなら挑戦した甲斐《かい》があった。

祭りも終盤に近付いてきた。人は少なくならない。なんなら、最初より多くなっている気がする。

「だ、大丈夫か、レン。ぐったりしているように見えるが……」

「も、問題ない……」

気丈に振る舞うが、やはり人が多いところは苦手だな……そろそろ帰りたい。

その気を悟られたのか、エリックが帰ることを進言する。

みんなはそれに賛成し、最後に花火を見てから帰ることにした。


チューン……ドーンッ！

祭りの終わりに、夜空に咲き誇る大火の花。

煌《きら》めく光が夜空を彩り、幻想的な世界へと俺たちを誘う。その一瞬一瞬の光の大火は、短いけれど美しく、夏の終わりの儚《はかな》さを俺の心に残した。

花火——ますます日本的だな。ますます昔、日本人がこの世界に来てたんじゃないかと確信が深まる。

「楽しかったですね」

「うん。疲れたけど……こういうのも悪くはない。来年も一緒に来よう」

「はい……！」

ミリアが笑顔で頷く。

彼女の笑顔を見るためなら、この人混みも我慢できる気がした。

◇
◆
◇

夏祭りの間でも、ギルド職員は忙しく動き回っていた。

「レンさん、すごすぎますね」

「全くね。本人にその気がないのも、器の大きさを感じさせるわ」

受付嬢のアリシアは、先輩女上司とレンについて言葉を交わしていた。

「今は銀ランクですが、このままいくと……」

「ええ。すぐに金ランクに上がるはずよ。金ランクとなると、割の良い依頼も増えてくる。その分、危険も大きくなるけどね」

「問題はレンさんが依頼を積極的に受けるタイプじゃないということですね。あれだけの実力があったら、冒険者として大金を稼ぐこともできるのに……」

「あまりお金に興味があるタイプじゃないんでしょうね。噂では最近流行りの魔導具ショップの経営にも、一枚噛んでいるらしいし」

「レンさんはこの先、冒険者として名を上げたいと思うタイプでもなさそうですもんね」

しかし。

「本人が望むにしろ望まないにしろ、レンさんの周りは騒がしくなりそうですね」

「力ある者の周りには、自然と集まってくるからね。それは人だったり事件……魔物——もっと厄介なものだったり……」

レンのあずかり知らぬところで、徐々に彼の力が知れ渡っていった。

第七話　読書の秋？　それとも食欲の秋だろうか

秋になった。

すっかり過ごしやすい気温になって、山は紅葉で彩られていた。

最近はずっと忙しかったので、俺は久しぶりに山でウサギ親子とスローライフを堪能している。

「今日の昼飯は栗《くり》ご飯にするか」

そう宣言すると、ウサギ親子の目が輝いた。

秋になって山では栗が目立つようになっていた。事前に集めておいた栗を下茹《したゆ》でして皮をむく。

ついでに集めていたキノコを食べやすい形にカットした。もちろん、鑑定でキノコには毒がないことは分かっている。

俺だけならともかく、ウサギ親子に万が一があってはダメだからね。

お米を研ぎ、キャンプ用の鍋に入れる。

このお米は街で購入したものだ。この世界にも米を食べる文化があることを知った時は、安《あん》堵《ど》の息をついたものだ。

さらには鍋やフライパンで、オリーブオイルを熱し、玉ねぎ、ニンニク、キノコを炒《いた》めていく。良い匂いが漂ってきた。すぐにでも食べたくなるが、もう少しの我慢だ。

炒めたキノコと栗をお米の上にのせ、適量の水にみりん、塩で味を調える。

弱火で蓋をして蒸らし炊きにする。途中で火加減を調整しながら炊き上げて、完成だ。

栗とキノコの炊き込みご飯と名付けようか。そのままじゃないかというツッコミはなしだ。

「いただきます」

手を合わせてから、栗と一緒に米を掻《か》き込《こ》む。

旨い。

ウサギ親子もこれは気に入ったようで、なかなかのハイペースで栗とキノコの炊き込みご飯を食べていた。

紅葉を眺めながら、秋の味覚を楽しむのも乙というものだ。

錬金術で家具も増やしたし、住環境はさらによくなっていた。ちょっとずつ小屋の増築を進めて、今では二階建てになっている。

さらに浴室、そしてキッチンも前世で住んでいたワンルームマンションをイメージして改築した。

いや……キッチンは前世のものより広いかな？　錬金術で作った二口コンロもあり、料理をするのにも困らない。

そして俺のお気に入りは、一階部分にあるテラスだ。

テラスにはゆったりとした椅子が置かれている。椅子に腰を下ろし、足を伸ばして深呼吸をするだけで日々の疲れが取れる。

風に吹かれながらぼんやりと過ごすのも一興。時間がゆっくりと流れる感覚を抱く。

しかもこの山は虫すらおらず、夏も快適に過ごせるし。

「そういや……ここって、本当にただの山なんだろうか」

今まで何度も疑問に感じていたが、あらためて考える。

ウサギ親子以外に生物がいないのは不思議を通り越して、最早異常だ。

川は流れているが、魚の一匹もいない。たまたま見つけられなかっただけだと思っていたが、マリンブルーズで使った釣竿を使用しても、発見には至らなかった。

そのせいで山を下りるまで、俺は肉を食えずに野菜や果物だけで飢えを凌いでいたんだったな。今となっては懐かしい。

魔法の腕も向上して、自分の身くらいは守れるようになった。今まで、何度か転移を使わずに下山を試みたことがある。

しかし上手くいかない。一時間ほど歩いたら、ここに帰ってきてしまうのだ。

探索ができる魔導具も作ってみた。だが、どれもダメ。一度も下山に成功したことがない。

唯一の脱出方法は転移を使うしかない。

「そのことで困ったことはないけど……ちょっと不気味だな。この山は一体――」

『失礼しまーす。元気にやっていますか？』

考え込んでいると、女の声が頭に響いてきた。

「どちらさまでしたっけ？」

『やだなあ。女神ですよ。ほら、あなたをここに転生させた』

ああ……そういえばそうだった。久しぶりすぎて、どんな声をしていたか忘れていた。

「なにか用？」

『あなたの様子が気になったんですよ。転生させた人間は、私の子どもみたいなものですから。気になるのは仕方ないでしょう？』

「なんだそりゃ。だけど、丁度いいところに来た。君に聞きたいことがある」

『なんでしょうか？』

「ここはなんだ？　ただの山だと思っていたけど、自力で下山することもできない。魔石も大量に落ちているし、このウサギ親子以外に生物が一匹たりともいない。本当にただの山なの？」

『え？　そこは神域ですよ』

どうしてそんなことを聞かれたのか分からない――と言わんばかりに、女神はあっさりと答えた。

「神域？」

『はい。細かく説明すると長くなるので省きますが……簡単に言うと、私の庭みたいな場所です』

「ふむふむ？」

『だから外から生物が入り込んでくることもありません。自分で持ち込むことは可能ですが……それも微生物とかくらいですね。それ以上のサイズになると無理ですし、そもそも通常よりは長く生きられません』

どこまでを生物としてカウントしているのか分からないが、細菌はどうなんだろうか？　キノコも菌類の一種だったはずだ。まあ女神もそこまで細かく考えていない気がする。

どちらにせよ、人間を連れてくることは不可能っぽい。ミリアくらいなら来てほしかったんだけどなあ。

試す価値はあるかもしれないが、変なことになっても困るし、しばらくはやめておこう。

『山を下りることもできません。ですが、神域には危険はないので、安心してくださいね』

それを聞いても、どこをどう安心すればいいのか分からん……だが、疑問は解けた。

「なるほど。しかし神域に他の生物が入ってこないなら、どうしてこのウサギ親子はいた？　俺が持ち込んだわけでもないぞ」

そう言って、ユキマルとシロガネに視線を移す。二匹は同時に首を傾げた。

『ああ、それなら――っと、どうやらあなたとお話しできる時間は終わりのようです。さようなら。また様子を見にきますね』

「ちょ、ちょっと待て。他にも聞きたいことが……」

……女神の声が聞こえなくなった。行ってしまった。

「自分勝手すぎる女神だ」

ここがどこなのかという疑問は解消されたが、ユキマルとシロガネについては分からないままま。

やはりただのウサギではなさそうだ。神域にいる生き物……神獣とか？　推測の域を出ない。

だが、こんなに可愛いのだ。ユキマルとシロガネを見ていたら、二匹の正体がどうでもよくなる。

深く考えない。これもスローライフのコツなのだ。

◆

翌日。

街に転移して、ギルドに行く。

「レンさん。実は頼みたい依頼が……」

「遠慮します」

ギルドに着くなり受付嬢のアリシアさんが話しかけてきたが、華麗に回避する。

銀ランクに上がって以降、こうして頼まれごとをされるのが多くなってきた。

前なんかギルドのお偉いさんがやってきて、「君は銀ランクとしての自覚がうんぬん……」と説教された。

そいつは「レンの機嫌を損ねるな！」とギルド内で問題になり、辺境の街に左遷されていった。

やはりランクが上昇しても、ろくなことがない。実入りが良い依頼が増えるとは聞いたが、どうでもいい。

稼ごうと思えば、いくらでも手段はあるのだ。

受付から離れて、掲示板の依頼票を眺める。うーん、どれも微妙だな。今日はのんびり魔物でも狩るか……。

「おう、レン。丁度いいところにいた」

そんなことを考えていると、次はグレッグに声をかけられた。

「グレッグも俺に面倒ごとを持ってきたってわけ？」

「いきなりなにを言い出す？　……ああ――そういや、銀ランクに上がってから、色々と依頼を押しつけられそうになっているんだったな。それなら外部の声に耳を傾けず、自分のやりたいことをやってろ。冒険者っていうのは自由なのがいいところだ」

グレッグはよく分かっている。さすが心の友だ。

「面倒ごと……って言うのかどうかは分からないが、またエリックの護衛を任されることになってな。それでお前も一緒にどうか……って」

「ほうほう？」

「次は魔法都市アストラギアだ。ここやマリンブルーズが比べものにならないくらい、栄えている。アストラギアには魔導書がたくさん置かれているし、お前の知識欲も満たされるだろう。だからいいんじゃないかって」

おお、それはいいな。

それに錬金術も魔力を使うし、魔法の一種なのかもしれない。魔法都市なら錬金術に関する本があるかも。

それに護衛とはいえ俺は付き添い。実質、旅行みたいなもんだ。楽しいことしかない。

「行きたい。ミリアも誘ってみていい？　ユキマルも行きたそうにしてたら、連れていきたい」

「おう、それはよかった。ミリアとユキマルについても問題ない。だが……な」

「なにか気になることでも？」

「魔法都市アストラギアは学問の街とも言われている。大きな魔法の学校があるんだ」

「ますます良いじゃん」

「それだけだったらな。だが、中にはプライドが高くて頭の固いじじいがいるかもしれない。

お前の魔法やあれは常識外れのもんだ。じじいどもに出くわさなければいいんだが、もしかしたらいちゃもん付けられて不快になるのかも……って」

あれ――とは錬金術のことだろう。

前世でも自分の考える枠に収まらない人間を、排除しようとする輩はたくさん見てきた。

そいつらのいなし方も分かっている……はずだ。特段気にする必要もないだろう。

「問題ない。なにか言われても、右から左に受け流すよ。俺は大人だからね」

「子どものくせになに言ってやがる。まあいっか。出発は一週間後で……」

グレッグから詳細を聞き、別れる。

俺はその足でアルケミーポットに向かった。

「魔法都市？」

「うん。ミリアも一緒に行かない？」

そう言うと、ミリアは少し困った表情で。

「またお店を閉めることになりますよね。魅力的な提案ですが……夏にも一度、お店を閉めていました。これ以上、店を空けるわけにはいきませんよ」

「ちょっとくらい良いと思うんだけどなあ」

「いえいえ。祖父から継いで、レンさんと一緒に頑張っている大切なお店ですから。お客さんからの信頼を失いたくないですしね」

責任感の強い子だ。

だけど彼女のそういうところも好きだ。

残念だが、彼女は今回お留守番だな。

あとは山に帰って、ユキマルに魔法都市の話をしてみた。興味がありそうだ。連れていこう。

シロガネ、いつもいつもお留守番させてごめんよお。お土産、たくさん買ってきてやるからな。

◆

時が過ぎるのは早いもので、あっという間に魔法都市アストラギアに向けて出発する日になった。

アストラギアまでは馬車で十日ほどかかる。マリンブルーズより、ちょっと長めだ。のんびり旅を楽しもう。

快適に旅をするために、馬車には錬金術で改良を施している。

《魔導馬車……魔導エンジンによって、スピードアップした馬車。馬が馬車を引きやすくなる。あなたの快適な旅をエスコート》

車輪にはサスペンションを付けて、地面からの振動を緩和している。

俺の尻は守られた。

「本当に……あなたの錬金術は不思議ですね」

道中、暇になったのかエリックが話を振ってきた。

ちなみにグレッグは今、馬車の御者をしてくれている。なので馬車の中は俺とエリック――そしてユキマルだけだ。

「確か失われた技術なんだよね？」

「そうですね。どうして失われたのかは分かりません。ですが、こんなに便利な技術が失われたのは違和感があります」

「誰も使いこなせなかったんじゃ？」

「それも考えられます。しかし錬金術に関する本が、ほとんど残されていないのは疑問です。使いこなせないにしても、それだけ便利な技術なら後世に語り継ごうとするわけですから」

錬金術は不思議なことばかりだ。

あの女神が勝手に作り出したスキルというなら分かるが、元々昔はこの世界にあったものだという。

エリックは神妙な顔をして、こう続ける。

「まるで、何者かが意図的に人々から錬金術の知識を消したみたいです」

「どうしてそんなことをする必要が？」

「技術を独占したかったのかもしれません。それとも錬金術が残っていたら、不都合なことがあったのか……どれも推測の域を出ませんが」

とエリックが肩をすくめる。

むう、便利だからと深く考えてこなかったが、よくよく考えたら俺の異世界転生は不思議なことが多い。

ウサギ親子の正体も分からない。日本人が元々、この世界に来てたのかも不明。

あれ以来、女神の声は聞こえてこないしな。尋ねることもできない。

もっとも、あの女神に聞いても分かるとは限らないが。

「お前、分かるか？」

ユキマルに尋ねてみる。

ユキマルは目をクリクリさせて首を傾げた。神獣の疑惑のあるユキマルなら、なにか知っているかと思ったが……やはり無理か。

「魔法都市には錬金術について記述している本も存在していると聞きます。なにか手がかりが得られればいいですね」

「だな」

　エリックと話し込んでいると、「おいおい、なに楽しそうな話をしてんだ」とグレッグが馬を御しながら、声をかけてきた。話し相手がいないのも寂しそうなので、乗ってやる。

　しばらく馬車で道を進んでいく。日も落ちてきたので、今日は街道沿いの草原の上で、野営することになった。晩御飯の時間だ。

　俺はアイテムバッグから、さつまいもと調理器具を取り出す。今晩はあまりお腹が空いていない。さつまいもの甘煮を作る。

　食べる。うん、旨い。一口食べるだけで、さつまいもの甘みが体に染み渡っていくよう。ユキマルも美味しそうに食べていた。

　グレッグとエリックも、さつまいもの甘煮を旨い旨いと言いながら、無我夢中で食べている。二人も気に入ってくれたようだ。

　ふと空を見上げる。空は満天の星だった。

「レン。旅は疲れるか？」

「そんなことはない。それに……こんなにキレイな星空も拝めたしね」

　そう言って、俺は原っぱの上で横になる。

　隣でグレッグとエリックも寝そべる。こうしていると夜空を近くに感じた。星が掴めそうだ。

「お、流れ星」

黙って星空を眺めていたが、グレッグが不意に声を上げた。

「どこですか？」

「あそこだ、あそこ……って、もうとっくに通り過ぎたがな」

「本当ですかあ？　グレッグの見間違いなんじゃ」

「てめえ、俺の動体視力を侮るのかよ。俺の動体視力は十万パワーだ」

「変な単位を作り出さないでください。バカに見えますよ」

グレッグとエリックが笑いながら話をする。

この二人は付き合いが長いのか、冗談を言い合えるくらいに仲が良い。二人のやり取りを見ているだけで、ほっこりする。

ちなみに……十万パワーかどうか知らないが、グレッグの動体視力は確かだった。

若くて動体視力には自信がある俺も、流れ星を見たのだから。

◆

馬車での楽しい旅も終わり、昼過ぎには魔法都市アストラギアに到着した。

アストラギアは学問の街とも言われているだけあって、深く落ち着いた雰囲気に包まれている。すれ違う多くの人々が、学問や魔法について話していた。

俺たちの住む街エスペラントに比べると、高い建物が多い。歴史を感じさせる建造物も多く、昔から何度も修復をして住まれてきたんだろうと感じた。

「俺は冒険者ギルド。エリックは商業ギルドに行く。レンは……」

「魔導書を買いにいく」

「そうだよな」

俺は二人と別れ、ユキマルと一緒に歩き出す。

市場には錬金術の素材として使えそうなものがたくさんあった。

どれも心惹かれる。

しかし今は魔導書が目的だ。目新しいものはあとで買おう。

山に残ってくれているシロガネと、今回は店番のミリアにお土産も買わないといけないからな。

目立たない場所にポツリと立っていた古書店を発見する。中に入る。本の匂いが心地よかった。客が少ないのもグッドだ。期待感が高まる。

一冊を手に取ってみる。

どうやらこれは魔法について書かれた本のようだ。

この世界には『火』、『水』、『雷』、『風』の基本四属性以外に、『光』と『闇』。そして『時間』属性が存在しているらしい。

ふむふむ、これは知らなかったぞ。試してみたいが、属性魔法というのは生まれながらの適性がなければ使えない。後天的に適性が生まれる場合もあるが、それは稀《まれ》――と書かれていた。

アルケミーポットがある街では、魔法を扱える者が少なかった。ゆえに四属性以外に属性魔法が存在していることを、今まで俺は知らなかったのだ。

これだけでも魔法都市に来てよかったと思う。誘ってくれたグレッグに感謝だ。友達は大切にしないといけない。

「おお、お坊ちゃん。子どもなのに魔導書なんか読んで、将来有望だね」

立ち読みしていたら、店主らしきおじさんが話しかけてきた。

「いえいえ、魔法が好きなので」

店員に話しかけられるのが苦手なのでちょっと嫌だなあと思いつつ、こう質問する。

「ここには面白い本がたくさんありますね。錬金術についての本はありませんか？」

「錬金術……？　お前さん、そんなもんに興味があるのかい。珍しいな。錬金術だったら……」

店主の案内で、錬金術がある本の棚まで移動する。

「これと……これだな」

「二冊だけ？　少なくないですか？」

「錬金術は失われた技術だからねえ。酔狂な学者くらいしか、調べようとすらしない。他の本屋に行ったら違うかもしれないが」

少し残念。しかし本屋巡りをしながら、錬金術についての本を読み漁るのも楽しいかもしれない。

「ありがとうございます」

「のんびりしていきな。お前さんみたいな子どもが古書店に来るのは珍しいからな」

手を振って、店主が俺から離れていった。

一冊の魔導書を手に取る。中には錬金術の歴史について書かれていた。

なんでも錬金術は神から与えられた魔法ということだった。俺の場合は大体合っている。

錬金術は人々の間で栄えていったが、突如なくなる。錬金術より便利な魔法や魔導具が開発されたからだ。だから錬金術は歴史から消えたのではないか——と書かれていた。

少し違和感を抱く。

錬金術より便利な？

今のところ、俺はこれより便利なものに出合ったことがない。

どうやらこの魔導書は、著者の偏見に満ちているらしい。ハズレか。ガッカリしながら、もう一冊の本に移る。

こちらは紙が黄ばんでおり、古めかしい言葉で書かれていたので読みにくかったが、なかなか有益だった。

羽毛布団の作り方。グリフォンの羽根を素材として使えば、この世のものとは思えないくらい、ふわふわで暖かい布団を作ることができるらしい。

これから季節は冬に移っていく。冬に備えて羽毛布団を作ってみるのもいいかもしれない。

しかしグリフォンは珍しい魔物なので、あまり遭遇しないとも書かれていた。

あらかた読み終わる。二冊目の本は面白そうな錬金術のレシピが多数書かれていたな。歴史書も参考資料として買っておくか。

二冊を持って、店主のところに行く。

「これ、ください」

「ええ!? 二冊とも？　結構良い値段がするけど……」

「構いません。お金ならあるんで」

「着ているものも上等だし言葉遣いも丁寧だ。やはり……貴族の子どもか？　まあいい。毎度あり」

魔導書を買えた。ほくほく。

冒険者としての活動やアルケミーポット、さらにはエリックに商品を卸しているおかげで、資金には余裕がある。

次の書店でも良い魔導書があったら、いいな。そう思いながら、店を出た。

◆

それから書店を巡り、あらかた魔導書を買い漁った。

しかし錬金術の歴史については、やはり的を射ないものばかりだ。まるで意図的に正しい情報が消されているかのようだ。

そのせいで満足できず、歩き回っていたが……街の中央。大きな建物の前で立ち止まった。

ぱっと見じゃ、どこまで続いているのか分からない広大な敷地。行き交う人々の年齢が、一段階下がった気がする。

もしかして、ここがグレッグの言っていた魔法の学校ということか？

ならば、ここにだったら俺の求めている知識があるのかもしれない。

俺はユキマルを抱っこして、学校の敷地内に入る。「どうして子どもが？」と言わんばかりの視線を感じる。しかし誰も声をかけてこなかった。

講堂の中を歩く。

こうしていると、自分がまるで大学生に戻ったかのようだ。

前世ではお世辞にも、勉強に熱心な大学生とは言えなかったがな。

「錬金術は――」

あてもなく廊下を歩いていると、ある教室から興味深い単語が聞こえてきた。

錬金術について講義しているのか？

廊下からじゃ、ちょっと聞こえにくい。

仕方がない。勇気を出して中に入ってみよう。

目立たないように、後ろの方の席に座る。

講師は黒板の前で、淡々と授業を進めていた。

白髪で、明らかに歳を食ってそうな講師だ。

「錬金術は失われた技術。素材があればなんでも作り出すことができる、夢のような技術ではあるが――そんな都合の良いものがあるわけがない。錬金術の真実は詐欺師の手品だった」

んん？

「過去の錬金術師と呼ばれた詐欺師たちは効果がない薬やアイテムを作り出し、それを高値で売ることで利益を得ていた。たとえば、効果が全然ない魔力増強の指輪などだな。愚かな話だ」

なんだ、このじじい……さっきから間違った知識を我が物顔で話している。

それに錬金術を詐欺の一種だと思われるのは心外だ。俺が直接バカにされたわけではないが、非常に腹が立ってくる。

「すみません」

気付けば、俺は手を挙げていた。

「なんだ――って、子ども？　それにウサギ？　こんな子どもが、どうして伝統ある我が校に紛れ込んでいる？」

じじい講師が怪訝そうな目つきになる。周りの生徒の視線も、俺に集中した。

やっちゃった……だが、もう後戻りはできない。このまま突っ走ろう。

「俺、錬金術に興味があるんです。だからここに紛れ込んで、無断で授業を受けていました。すみません」

「ほほお、なかなか勉強熱心な子どもだ。君の処分はあとで考えるとして……なにか質問でもあるのかね？」

学問に興味がある人間は、たとえ子どもでも歓迎するのか――じじい講師は話の続きを促した。

「はい。あなたの授業は素晴らしいものだと思います。ですが、さっきから間違っている知識ばかりを伝えているのが、少し気になりまして……」

「な、なにぃ⁉　私の授業にケチを付けるのか！　間違っていると言うなら、どこが間違っているのか言ってみたまえ！」

「では、お言葉に甘えまして……錬金術は詐欺の一種ではありません。錬金術は実際に、効果があるアイテムを作り出すことができます」

「一体、なにを言い出すかと思えば……そこまで言うなら、証拠はあるのかね？」

鼻で笑うじじい講師。

自分の間違いを頑なに認めようとしない。

魔法都市に来る前、グレッグが『魔法都市にはプライドが高くて頭の固いじじいがいる』と言っていた。まさしくそれだな。

これ以上目立ちたくないが……仕方がない。

俺は席を立ち、じじい講師の隣に立つ。彼の右手の中指に指輪がはまっているのを見かけた。

「それ、錬金術で魔力増強の指輪に作り変えてもいいですか？」

「はあ？　まさか君が錬金術を使えるとでも言うのかね」

「そう言っています」

「いいだろう。好きにしてみたまえ」

そう言って、彼は指輪を外す。

それを受け取って、まずは鑑定で指輪を解析する。なんの変哲もない指輪だ。

だが、指輪に付いている石に僅かな魔力を感じる。魔石の欠片か？　このままじゃ使いものにならない。

俺は指輪の魔石に魔力を流し込んだ。

魔力回路を作成。

指輪をはめた者から少しでも魔力を感知すれば、それを増強する仕組みを作った。

あとは細かい調整を行なって……。

「終わりました」


《賢者の指輪……見た目はなんの変哲もない指輪。しかしこの指輪を身につけるだけで、所持者の魔力が増強される》

「むむ？　なにをしているかと思ったら、終わったと？　十秒も経っていないではないか」

「これくらいなら、すぐに済みますので」

「まあ良い。君みたいな若者を導くのも、我々の役目だ。君の勘違いを私が正して……」

と言いながらじじい講師が再び指輪をはめると、見る見るうちに顔が驚愕《きょうがく》に染まった。

「な、なんと……!?　試しに魔力を少し放出してみたが、量が増えている？　これだけの魔力を感じるのは若い時以来だ。いや、それ以上……本来の魔力より二倍、三倍……違うな。五倍に膨れ上がっている。どういうことだ？」

じじい講師がぶつぶつと言い出した途端、教室内にどよめきが起こる。

このじじい、声が大きすぎだ。

「分かりましたか？　これが錬金術です。じゃあ、俺はもう行きますんで……」

これ以上ここにいたらやばい。追い出されるだけならまだマシで、なにかしらの処罰が下されてもおかしくない。

俺は逃げるように早足でその場を後にする。

「ま、待ちたまえ！　君は一体……」

後ろからじじい講師の、俺を呼び止める声が聞こえた。しかし無視して、走り去った。

◇◆◇

数時間後。

学校の講師たちが集まり、今日起こった出来事について話していた。

「本当だ！　錬金術は失われていなかったのだ！　ウサギを抱えた不思議な少年が、実践してみせて……」

そう語気を強くするのは学部長。先ほど、レンと言葉を交わしていた講師である。

講師たちには信じられない話だった。しかし学部長は冗談を言う性格ではない。そのことは彼らも分かっていたので、否定をしなかった。

「だとしたら、これはとんでもないことですよ」

「錬金術――いや、魔法の常識と歴史が変わる！」

「なんとしてでも探し出さねば！」

「もしや精霊の一種だったのではないか？　どうしてウサギと一緒だったのかも分からないし、人間と言われるよりかは納得ができる」

ああだこうだ議論している講師たち。

しかしその中で一人、黙って腕を組み、壁にもたれかかっていた男がいたことに――不思議なことに、誰も気が付いていなかった。

◆

数日後にはエリックとグレッグの用事も終わり、俺たちは今後について話していた。

「これからどうする？　帰るか？　もう少し滞在してもいいが……」

「帰ろう」

俺が即答すると、グレッグは目を丸くした。

「お前がそう言うなんて珍しいな。もっといたい！って一番言いそうな気がしてた」

「お、俺にも事情があるから」

どうやら、学校の連中が俺を探しているようなのだ。

学校に潜入するだけならまだしも、じじい講師の顔に泥を塗るような真似をしたからな。今頃怒っているだろう。理由がありすぎる。

やつらから身を隠すことに必死だったせいで、魔導書探しもろくに進まなかった。

これでは、なんのために魔法都市に来たのやら。

「きっと、ここではもう学ぶものがないということでしょう」

「そうだな。学問の街とはいえ、レンにしたら大したことはなかったか……」

グレッグとエリックは間違った方向に感心している。

事情は説明しない。だって出発前、グレッグに偉そうなことを言ってしまったからな。俺は大人だって。

グレッグからバカにされるに違いない。あれが完全にフラグになってしまった。

「そ、そんなことより早く出発しよう。アルケミーポットも心配だ」

「ミリアをエスペラントに残しているんだったな。よし――早めに出よう」

と俺たちが歩き出そうとした時。


「もう行くのかい？」


後ろから声。

振り返ると、怪しげな男が微笑を浮かべていた。

「……誰だっけ？」

「僕はゼフィル。以後お見知り置きを」

なんだ、こいつ。怪しさしかない。

「名前なんかより、俺になんか用？」

「ないよ。今のところはね」

こいつの言っていることは意味が分からない。完全に不審者だ。グレッグとエリックも俺を守るように立ち塞がる。

「二人とも、こいつを放って俺たちは帰ろう。こんな不審者に構っている暇はない」

「そうだな」

そいつから離れるように、俺たちは今度こそ歩き出す。

不審者の男――ゼフィルは追いかけてこようとしない。

「さようなら。まあ……またすぐに会うことになると思うけど」

無視してるのに、一方的に話しかけてくる。

え、なに怖い。

人間味を感じさせないほど顔が整っていたせいで、余計に不気味に感じた。

俺のストーカーか？

だとしても、どうして男なんだよ。どうせなら女にしてくれ。

……いや、女でも嫌なことには変わりないが。

こうして俺たちは魔法都市アストラギアを後にするのであった。

◆

「ただいま」

エスペラントに帰ってきて、俺はまずアルケミーポットに立ち寄った。

昼過ぎの中途半端な時間のせいなのか、店内には彼女以外に誰もいなかった。

「レンさん――お帰りなさいませ。ご無事でしたか？」

ミリアは俺を見るなり駆け寄ってくる。

久しぶりに彼女の顔を見られた。

実家に戻ってきたような安心感を覚える。

「問題ない。ちょっとした事件はあったけどね」

「事件？」

「まあ、そんなことより……」

俺はアイテムバッグから、とあるスイーツを取り出す。

「それは？」

「マロンケーキだ。魔法都市の名物らしい。君に食べてほしくて、お土産に買ってきた」

もちろん、アイテムバッグの中に入れていたので腐ってもいない。

ケーキの上部を覆っているモンブランのクリーム。下はしっとりとしたスポンジ。スポンジとクリームの間にはカットされたマロンが入っていて、見た目も鮮やかだった。

「こうして無事に帰ってきてくれるだけで嬉しいのに、私のお土産まで……！　ありがとうございます。早速いただきますね」

ミリアが裏の事務所からフォークを持ってきて、マロンケーキに口を付ける。

彼女は目を瞑って、ほっぺを押さえた。

「美味しい～～～～！　栗の甘みが優しくて、いくらでも食べられそうです！」

「気に入ってくれたみたいで、よかったよ。もっとあるから、いくらでも食べて」

モンブランの甘みは人によって好き嫌いが分かれるので、少し心配していたが……どうやら杞憂《きゆう》だったらしい。

アイテムバッグから次から次へとマロンケーキを取り出すと、ミリアは驚いた顔をしていた。

ミリアが淹《い》れてくれた紅茶の味を楽しみながら、俺も彼女と一緒にマロンケーキを食す。

うん、何回食べても美味しい。

「ふう、満足した。じゃあ俺はもう行くよ。行かないといけない場所があるから」

そう言い残して、アルケミーポットを後にする。

できれば、もう少しいたかったが、俺にはミリア以上に放っておけない家族がいる。
山に転移して、次はシロガネにマロンケーキを渡す。シロガネもマロンケーキを気に入って
くれたようで、夢中で貪っていたのであった。

第八話　冒険者としての義務？　そんなことより羽毛布団だ！

今日は時間ができたのでアルケミーポットに行く。

うんうん。今日も商売繁盛だ。ミリアが忙しく動き回っている。

なにもしないというのも悪いので、俺も接客に回る。

商品について質問された時、答えるのが俺の主な役割だ。

看板ウサギのユキマルも大活躍だ。

みんな、ユキマルをもふもふしている。

幸せそうである。もふもふは正義。

だが、ユキマルにも疲れの色が見え始めた。俺はお客さんに断りを入れて、ユキマルを休ませる。

うちのウサギ親子は世界で一番可愛い。みんなが心を奪われるのも仕方がないが、ユキマルにブラック労働を強いてはいけない。

ブラック労働については、俺も前世でトラウマがあるからね。労働環境は整えたいタイプだ。

そしてお昼過ぎ、ようやく客足が落ち着く。俺は店の前に『お菓子タイム中』の看板を出す。

これで客は入ってこない。

紅茶とフルーツタルトを出して、ミリアと一息つく。

フルーツタルトを口に運ぶ。

甘酸っぱいフルーツの味を優しく包み込むクリームの濃厚さ。それらが絶妙なバランスで調和していた。

続けて柑橘《かんきつ》系の風味を持つ紅茶を口に含むと、すっきりとした香りが鼻を突き抜ける。

旨い。これならいくらでもいけるな。

「レンさん、せっかく来てくださったんですから、別に手伝ってくれなくてもいいのに……」

「なにを言うんだ。ミリアばかりを働かせているわけにもいかないよ。それとも……邪魔だった？」

「いえいえ！　手伝ってくださって、とても助かりました。レンさんの接客は子どもとは思えないくらいに丁寧ですしね。レンさん、お客さんから人気なんですよ。レンさんが店頭に出るだけで、客数が増えている気がします」

よかった。大学時代にコンビニでバイトをしていた経験が役に立ったようだ。

「それにしても最近は寒くなってきたね」

「ですね」

秋も終わりを迎えようとしている。前世の暦の数え方でいくなら、今は丁度十一月くらいだろうか。

今はまだ耐えられるが、寒さが本格的になる前に準備をしておかなければならない。

寒いのは苦手だ。よし、決めた。冬はより一層ダラダラすることにしよう。熊だって冬眠するんだから、人間の俺がしてはいけないという道理はないはず。

「そうだ。冬にちなんだ商品も作って、店内に並べてみたらどうかな？」

「素晴らしいです！　夏にも扇風機や風鈴が飛ぶように売れましたし、きっと大成功しますよ！」

とミリアが手を叩く。

冬にちなんだ商品……やはり俺は羽毛布団の製作に取りかかるべきだろう。

ただの羽毛布団なら、ファットバードの羽根があれば作ることができる。

しかしファットバードの羽根は布団にするにしては少し重く、暖かさもそこまでではない。

どうせ作るなら、金をかけてでも品質の良いものにしたい。中途半端なものを出して、客からの信頼を失いたくないのだ。自分で使うものにもなるだろうし、こだわりたいからな。

良い方法はないかなあ。

◆

翌日。羽毛布団について頭を悩ませながら、冒険者ギルドに向かう。

「レンさん！　今日も頼みたいことが……」

「遠慮します」

アリシアさんがなにかを言おうとしたが、即答する。

面倒ごとを押し付けられるのは嫌だ。冒険者としての責務？　なにそれ、美味しいの？って
くらいだ。俺は自由に生きるぞー。

しかし今日の冒険者ギルドは騒がしいな。冒険者たちが集まって、物々しい顔をしている。

なにかあったんだろうか。

「そうか。やっぱりレンは無理か……」

グレッグが俺を見つけ、残念そうな顔をする。

面倒ごとは断固拒否だが、この状況は気になる。

俺はグレッグにこう質問する。

「なにかあったの？」

「街の近くに大森林があるだろう？　そこにSS級の魔物が出たんだ。放っておくわけにもい
かず、みんなはその対応に追われている」

SS級……ほお、俺が異世界に来て一番高いランクだな。

ちなみに魔物は脅威度でランク付けがされている。

一番低いのはC級。B、A級と上がっていって、その上にS級、SS級、SSS級。さらに

ランク付け不可能であり、災厄とも称されるX級がいる。

昔はX級もいたそうだが、現在は存在が確認されていない。ゆえにSS級といったら実質的には上から二番目だな。

「ほほお、それは大変だな」

「銀ランク以上の冒険者でパーティーを組んで、そのSS級の魔物を討伐しにいこうという話になっている。レンも来てくれれば助かるが……」

「悪いけど、やっぱり断る」

少し心配だが、この街にはグレッグを始め金ランク冒険者が多数いる。そいつらでパーティーを組めば、SS級の魔物だって敵じゃない。多分。

異世界でスローライフがしたいっていうのに、このままじゃ戦ってばかりになってしまう。

俺は自分の考えを曲げたりしない。なるべく目立たず、錬金術も基本的には生活を快適にさせるために使いたい。

ちょっと薄情かもしれないが……悪いな。ここで頷いてしまったら、今後ギルドからの頼みごともさらに増えるだろう。それだけは避けなければならない。

あと、純粋に面倒臭い。

「そうか……だが、無理強いはいけねえな。レンみたいな子どもに頼るのも、どうかと思うしな。すまんかった」

と口では謝っているが、グレッグは見るからに消沈していた。

「だったら、俺たちだけでグリフォンを倒さなきゃならないか。なあに、恐れることはない。SS級の魔物だったら、俺も昔戦ったことが――」

「え？　今なんと言った？」

グレッグが聞き捨てならないことを言った気がする。

俺は彼の肩を掴んで、そう尋ねた。

「ん？　SS級の魔物だったら、俺も昔戦ったことが――って部分か。俺が若い頃、同じように街の近くにSS級が出たんだ。俺はその頃銀ランクだったんだが……」

「グレッグの昔話はどうでもいい。魔物の名前だ」

「グリフォンのことか？　グリフォンは獅子と鷲《わし》の混合体のような魔物だ。獅子の体に、鷲のような頭部や翼を持っている。上空にいるため、こちらからの攻撃が当たりにくい。討伐するのに難儀する相手だ」

「やっぱり！」

胸の鼓動が高鳴る。

高級羽毛布団を作るために、ずっとグリフォンの羽根を求めていた。しかしなかなか見つけられていなかった。

このチャンス、逃せない。次にまたいつグリフォンが現れるのかが分からないからだ。

「考えが変わった。俺も行く」

「おお！　それはありがたい！　空を飛ぶグリフォンには、お前の魔法が有効だからな。助かる」

「しかし……一つ条件がある。グリフォンを倒した際の報酬金はいらない。だけど、グリフォンの羽根を全てもらえないかな？」

「グリフォンの羽根……か？」

グレッグは腕を組み、一頻り考える。

「そうだな……本来、こういった大人数でパーティーを組んで魔物を討伐する場合、その貢献度に応じて素材も分配される。グリフォンの羽根といったら、高値で売買される。欲しがるやつも多いだろう」

「そこをなんとか」

「まあ……報酬金を受け取らないってことなら、他の連中を納得させられるだろう。俺に任せとけ。なんとかする」

ドンと自分の胸を叩くグレッグ。

良いやつだ。初めて出会った冒険者がグレッグでよかった。グレッグじゃなかったら、ここまで上手くいっていないかもしれない。

なにはともあれ、俺は高級羽毛布団の素材を入手するため、ＳＳ級の魔物討伐に参加することになったのであった。

◆

――数日後。

無事に冒険者の合同パーティーも結成され、俺たちは件の大森林に集結していた。

集まった冒険者はおよそ三十人。なかなか圧巻の光景だ。

みんなは緊張しているのか、顔が強張っていた。

「知っているかと思うが、俺がグレッグだ。冒険者のランクは金。本日のグリフォン討伐隊のリーダーをやらせてもらうことになった」

みんなの前に立って、堂々と話しているのは我が心の友である。

こんな大人数のリーダーをやるとは。

彼は冒険者からの信頼が厚いとは聞いていたが、俺が思っているよりすごいやつかもしれない。

その後、グリフォンの情報をみんなと共有する。陣形なんかも細かく打ち合わせをする。

「グリフォンはＳＳ級の魔物。こいつを放っておくと、街に出てきて人々を襲うかもしれない。しかしみんなで力を合わせれば、勝てない相手じゃない。グリフォンの出現により、大森林内の魔物の動きも活性化している。そこまで辿り着くのも一苦労だ。油断しないように」

グレッグの言葉に、みんなの表情がより一層引き締まる。

「確認はこんなもんでいいか。では……最後に、なにか質問がある者はいるか？」

「ちょっといいか？」

一人の冒険者が手を挙げた。

「なんだ？」

「気になることがある。今回の戦いは大事なものだ。それなのに……どうして、子どもが交じっている？」

その言葉を合図に、みんなの視線が俺に集中する。

「そいつはレン。最近この街に来たお前は知らないかもしれないが、銀ランク冒険者として名を馳《は》せている。そして……これは俺の贔屓《ひいき》も入るかもしれないが、レンはこの中で誰・よ・り・も・強・い。子どもだからといって侮るな」

「この中で誰よりも強い？　ふんっ、信じられないな。子どもになにができるんだ？」

訝《いぶか》しむような目を、彼は俺に向ける。

「はあ……やっぱ、こういうやつも現れるか。おい、レン。なにか言うことはあるか？」

「俺？」

俺に話を振らないでほしい……空気に徹しようとしているというのに。

「なにもない。子どもがいたら、不安になる人が現れてもしょうがない。言葉ではなく、結果で示せばいいしね」

「な、なんだとお⁉」

バカにされたと思ったのか、冒険者の男の顔が怒気で染まる。

いや……結果で示せばというのは、自分に対して言ったことなんだが。まあ喧嘩を買う義理はない。

男から視線を逸らす。

子ども相手にムキになるのも大人げないと思ったのか、彼もそれ以上突っかかってこようとしなかった。

まあ好きに思わせておけばいい。今はそんなことよりグリフォンの羽根だ。

アルケミーポットのため——なにより、俺の生活のためになんとしてでもグリフォンを倒さなければ。

波乱がありつつ、みんなは移動を始める。

グリフォンは大森林の一番奥に巣を張っているらしい。

「レン……すまねえな。不快な思いをさせて」

道中、グレッグが話しかけてきた。

「グリフォンの羽根……グリフォンの羽根……羽毛布団……」

「レン？　聞いてんのか？」

「ん——ああ、ごめんごめん。グリフォンの羽根が気になりすぎて、聞いてなかった。もう一度言ってくれる？」

「……いや、いい」

グレッグは穏やかな表情を浮かべる。

「やっぱお前は大物だよ。あの男……そして俺もお前を見習わなくっちゃな」

と言って、グレッグは他のところに行く。

俺のことを気遣ってくれたのだろうか？　色んなところに気を配らなきゃいけないリーダーは大変だな。俺にはできないし、したくもない。

やがて大森林を進んでいくと、俺たちは魔物の群れに出くわした。

「皆の者！　慌てず、最初の予定通りに戦え！」

グレッグが指揮をとり、戦い出す冒険者たち。

俺は傍観……というのもさすがにいかんか。

報酬としてグリフォンの羽根をもらう約束だ。

せめて、その分くらいは働かないとな。

「えーっと……こいつらには試作品の魔法剣を試すか」

と俺はアイテムバッグから魔法剣を取り出す。

今までの魔法剣は一対一の戦いを想定していた。

しかし思うのだ。

もっと強くて便利な武器がいい。

だから俺は魔法を広範囲に放てるように、魔法剣の改良を進めていて——そして完成した。

《魔法剣（バージョン２・０）……広範囲に攻撃が可能となった魔法剣。魔石の欠片を取り付ける必要がある。取り付けられた魔石は一見装飾品のように見える。お洒落にも気を遣った一品》

「殲滅」

そう言って、剣を振るう。

ズッシャアアアアアン！　ドカーンドカーンドカーン！

魔法剣によって強化された雷魔法が、飛んでいる魔物たちを薙《な》ぎ払った。

しかしそれで殲滅は終わらない。他の三属性『火』『水』『風』の魔法も飛び出す。

ほとんど俺一人で魔物の群れを全滅させてしまった。

「な、なんだ今のは⁉」

「どうやら、さっきの子どもが放ったみたいだぞ？」

「そ、そんなバカな！　魔物の群れは魔法で全滅した。それなのに、あの子どもは剣を持っている！　剣士じゃなかったのか？」

「ああ……レンくんがいたら、こうなるのよね」

ほとんどの冒険者は取り乱している。

だが、中には俺をよく知る冒険者は「知ってた」と言わんばかりに溜め息をついていた。


それから俺たちは順調に大森林の奥へ奥へと進んでいった。

道中、数えきれないくらいの魔物に遭遇した。

俺は慌てず、戦いに参加する。これだけ、短時間に多くの魔物に出会う機会は滅多にない。

今まで作っていた魔導具を試す良い機会にもなる。

その試運転は上々で、道中の魔物はほとんど俺の手によって葬り去られた。

それを見た他の冒険者からは、

「俺たち、必要かなあ……？」

「あいつ一人で事足りる」

「俺……自信なくしたよ」

「バケモンみたいな強さだ」

という声も上がった。

人のことをバケモノ扱いするのはやめてほしい。俺はただ、試作品を実戦で使ってみたかっただけなんだ。

「よし……もう少しでグリフォンの巣に到着する。一度休憩をしよう」

とグレッグがパンパンと手を叩き、そう宣言する。

束の間の休息だ。

みんなは一旦緊張を解き、その場で思い思いに休憩を取る。

ここまでずっと集中していたためか、疲れているように見えた。

「お前、怪我してんじゃねえか」

「ああ……情けねえ。だが、擦り傷だから大したことない」

そんな声が聞こえてきた。そちらに視線を移す。本人は大したことないと言っているが、痛そうだ。

異世界に来てから血を見るのにも慣れたが、さすがにこの状況は見逃せない。

「これを使って」

俺はアイテムバッグからポーションを取り出し、怪我をしている男に渡す。

「なっ……！　これはポーションだ!?　そんなに高価なもんはもらえねえよ。払う金もないしな」

「気にしないで。ポーションならいっぱい持っているから」

そう言ってアイテムバッグから大量にポーションを取り出すと、男は驚きで目を見開いた。

この世界において、ポーションは貴重なものだ。簡単に手に入るものではない。

しかし薬草各種と魔石があれば、錬金術でポーションはいくらでも作り出せる。俺にとっては貴重なものではない。

「しかし……」

「いいから」

俺は男に無理やりポーションを押し付ける。そしてさっさとその場から離れる。

彼は戸惑いながらも、怪我をしている箇所にポーションをぶっかけた。見る見るうちに怪我が癒されていく。

ここまで即効性のある薬とは不思議なものだな。今更ではあるが、やはり異世界というのは不思議なことばかりだ。

「さて……お腹が減ったし、なにか食べよう」

そう言って、飯の準備をする。

取り出したのは途中で倒した魔物のボアだ。これもさっと解体する。もう手慣れたものである。

火をおこし、ボアの肉を焼く。肉汁が滴り落ち、香ばしい良い匂いが漂ってくる。周囲の冒険者たちがごくりと唾を飲み込んだ音が聞こえた。

完成。塩と胡椒《こしょう》をさっと振りかけて、いざ実食。

もぐもぐ。旨い。

空腹に肉の旨みが染み渡る。

「お、おい……俺にも分けてくれねぇか⁉　金なら払う」

「お金なんていらないよ。ボアの肉と調味料なら分けてあげるから、自分で作ってくれる？」

この人数分を作ってあげるとなると、時間がかかりそう。食事に集中したいので、必要なものを声をかけてきた冒険者に手渡す。

すると。

「た、助かる！」

「お前、ずるいぞ！」

「俺も俺も！」

それを皮切りに、冒険者たちが集まってきた。

各々ボアの肉を調理し、そして食べていく。

疲れ切ったパーティー内のムードが、食事休憩によって明るくなったように感じる。やはり食は偉大だ。

「レンは優しいんだな。やっぱり、お前は器が大きいよ」

少し離れたところで、グレッグがうんうんと何度か頷いていた。

そうじゃないんだけど。まあいいか。俺は飯を食っているのだ。不要なことを考えるのはやめよう。


——だが、そうも言ってられなくなった。


『グギャアアアアアア！』

大森林に魔物の鳴き声が響き渡った。

「……!?　この声は……」

「グリフォンだ！」

周囲に緊張感が走る。

今まで緊張を解いていた冒険者たちではあったが、一瞬でスイッチを切り替え、臨戦態勢を取った。

こういうところは、さすが冒険者だな。

「皆の者、慌てるな！　最初の打ち合わせ通りにいくぞ！」

グレッグが号令をかけ、みんなが一様に頷く。

見上げると、グリフォンが空を飛んでいた。

グレッグの言っていた通り、鷲と獅子が入り交じったような外貌である。

みんなは気合いを入れてグリフォンを倒そうと武器を構える。俺も残っていたボアの肉に名残惜しい気分はあったが、グリフォンを見上げた。

「さすがに結構強そうだ」

さて……魔法剣で焼き払ってもいいが、それをすれば目的であるグリフォンの羽根を傷つけてしまうかもしれない。

ゆえに持ってきていたもう一つの武器を取り出す。

夏頃のクロノワール団の一件——あの時に手に入れ、改良を施した魔法拳銃である。

「なんとか頭だけを撃ち抜いて……」

魔石を装填して何度か引き金を引き、グリフォンを地面に落とそうとするが、なかなか上手くいかない。

そうしている間にも他の冒険者が、グリフォンに立ち向かっている。しかし標的は空を飛んでいることもあって、苦戦しているようであった。

「数撃ちゃ当たる戦法でいくか」

このままじゃ怪我人が出るかもしれないし、あまり時間はかけていられない。

アイテムバッグからありったけの魔石を取り出した。

「お、お前！　どうしてそんなに魔石を持ってやがる⁉」

「やけに魔石を大量に持っているガキだなと思っていたが……この量はさすがに……」

これだけの量の魔石を見せれば、騒ぎが生じるとは予想していたが……仕方がない。

今はそんなことよりグリフォンだ。

魔石を惜しげもなく魔法拳銃に装填して、グリフォンに狙いを定める。弾幕のように襲いかかる銃弾に、グリフォンもたじたじだ。

そしてようやく、グリフォンの頭部に攻撃が命中する。

「今だ！」

グリフォンが地面に墜落したことを好機と見て、グレッグが号令を発し、一気呵成《いっきかせい》に攻め込む。

これだけの大人数だ。地上に堕ちてしまえば、グリフォンとて為す術もない。

ようやくグリフォンは死に、戦いは俺たちの勝利で幕を下ろしたのであった。

「終わってみたら、意外とあっさりだったね」

グリフォンの弱さには拍子抜けだ。

「お前が強すぎんだよ」

グレッグが俺の頭をわしゃわしゃと撫でる。痛い。

「そうかな」

「そうだとも。お前がいなかったら、グリフォンには勝てなかっただろう」

「ふーん……まあいっか。あっ、約束通りグリフォンの羽根は俺がもらうよ。それが目的だったんだから」

「おう、もちろんだ。それにしても――これだけの敵を倒しても、汗一つかいていないとは……やっぱお前は大物だよ」

グレッグは感心しているが、俺とて全く平気なわけではない。

なにせ、途中で飯の邪魔をされたんだ。お腹が減った。

だが、そんなことも言い出せず、俺は口を閉じているのであった。

◆

その後、街の冒険者ギルドに帰ってきた。

みんなはグリフォンを倒してテンションが高くなっているのか、一様に明るい顔をしている。

俺はグリフォンの羽根にしか興味がないがな。

「レン、大活躍だったな。これが約束のグリフォンの羽根だ。多いぞ?」

グレッグからグリフォンの羽根をもらう。

おお、結構な量だ。解体にも立ち会ったが、グリフォンの羽根は胴体から抜けると膨らむ。何度かに分けて、俺はグリフォンの羽根をアイテムバッグに入れる。

ふふふ、お目当てのグリフォンの羽根ゲット。初めて合同パーティーに参加して色々大変だったけど、最後には上手くいったからよしとしよう。むふー。

「随分嬉しそうだな。グリフォンの羽根、売るのか？」

「そんなことは考えていないよ」

「だよな。お前ならそんな気がした」

とグレッグが納得する。

「それにしても……他の冒険者はよく納得してくれたね？　グリフォンの羽根、高価なんじゃ？」

「まあ……討伐に出かける前は、色々といざこざがあったさ。だが、お前の戦いを間近で見て、誰も文句を言わなくなった。俺もどうせそうなるって思ったから、事前にみんなを説得させせられたっていうもんだ」

「なるほど」

「そんなことより、お前のあれを誤魔化す方が大変だった。魔石を大量に持っていることは、他のやつに知られるなと忠告しただろ？　有力な貴族の落とし子だからっていう理由を説明して、箝口令《かんこうれい》も敷いた。ほんと……神経をすり減らしたよ」

とグレッグは溜め息をつく。

お疲れだ。心労がたたって倒れられたら、間違いなく俺の責任だ。

今後は彼になるべく迷惑をかけないようにしよう……反省。

「あの……」

グレッグと話していたら、一人の男が近寄ってきた。

「す、すみませんでした」

「なにが？」

と俺は首を傾げる。いきなり謝られても困る。

というかこいつ、誰だっけ……？

グリフォンの討伐パーティーにいたことは覚えているが、名前まで覚えていない。討伐パーティーは大人数だったからだ。

「お前――いや、レンさんをバカにするような真似をしてしまって」

「あっ」

思い出した。大森林の入り口で、「子どもになにができるんだ？」と突っかかってきた男か。

正直、当然の感想だと思ったし、なんなら今まで忘れていた。律儀に謝りにくるとは礼儀正しいやつだ。

「そのことなら気にしていないよ。君も気にしないで」

「で、ですが……！　俺は――」

ああー、反省の弁を述べ出した。これは話が長くなりそうだ。

俺はさっとその場から離れる。こんなことより早く山に帰って、高級羽毛布団を作りたい。

周りは「これから祝勝会だ！」と盛り上がっていたみたいだが、俺は見つからないようにしてギルドから出ようとする。

去り際。


「どうして、グリフォンが街の近くに出現したんでしょうか？」

「この街は比較的平和だったからな。なのにＳＳ級の魔物が出てくるなんて、不自然だ」

「なにか災いの前触れかもしれないな」

深刻そうな顔をして話し合っているギルド職員や冒険者の声が聞こえた。

うむ。よく分からないが、大変そうだ。しかし俺の知ったことではない。

このまま今日のように冒険者として活動していけば、きっと俺は目立つ。そうなってしまえば理想のスローライフもなくなる。

事件が起こっても、それは他のみんなで解決してほしい。

まあ俺のスローライフが侵害されそうなら、ちょっとは手を貸してやってもいい。

そんなこと、起こらないのが一番ではあるが。

◆

俺は山に帰り、早速羽毛布団作りに取りかかった。

とはいえ、素材があればもうできたようなものである。

布とグリフォンの羽根を取り出す。ふわふわなグリフォンの羽根に、ユキマルとシロガネは目を光らす。しばらく遊ばせておこう。

まずはグリフォンの羽根を水魔法で洗う。このままだと、獣臭さが残るからだ。

次に風魔法で洗ったグリフォンの羽根を乾かす。火魔法は厳禁だ。加減を誤って、グリフォンの羽根を燃やし尽くしてしまったら本末転倒だからな。

グリフォンの羽根の洗浄が終わったところで、布と合わせて錬金術を発動。あっという間に羽毛布団が完成した。

《高級羽毛布団……グリフォンの羽根を使用した布団。空気のように軽く、その肌触りには心を奪われる。一瞬で眠りに落ちてしまうだろう》

試しに羽毛布団を抱いてみる。

「おお……っ！」

思わず、声が出てしまった。

ふわふわだ……しかも軽い。それでいて暖かい。保温性も完璧だ。ただ抱いているだけだというのに、眠気が出てきた。

ユキマルとシロガネも完成した羽毛布団に飛び込んでくる。二匹とも満足そうだ。

体がもふもふな二匹と、羽毛布団のふかふか。その二つが合わさって、見ているだけで幸せになってくる。

ウサギ親子と一緒に羽毛布団に包まれる。

……はっ！　一瞬意識が飛んだ。いや……一瞬じゃなかったか？　三十分くらいは寝てしまっていたか？

羽毛布団が気持ちよすぎて、つい眠りに落ちてしまった。疲れてたからね。でもその疲れも一瞬で吹き飛んでしまっている。

「羽毛布団、すごい」

俺の狙いは外れていなかったのだ。

グリフォンの羽根はまだ余っている。他にも作ろう。次は花柄の布を使ってみるか？　思い立ったので作ってみた。ゴージャス感が出た。

部屋の雰囲気に合うように、他のカラーの布でも羽毛布団を作る。完成したら抱いてみる。ふかふか。柔らかくて軽い。暖かい。言うことなし。

その後、俺は羽毛布団を十セット作った。これだけ作ったというのに、グリフォンの羽根はまだなくなっていない。

しかしクオリティを保つためには、もう残り二十セットが限界だろうか。グリフォンの羽根は次にまたいつ手に入るか分からない。貴重な羽毛布団だ。

これだけ作ったんだし、アルケミーポットの冬の目玉商品として売り出してもいいかもしれない。

「でも、買えるやつなんているのかな？」

なにせ、素材であるグリフォンの羽根を手に入れるのに苦労したのだ。安価では売りたくない。

一方で値段を上げると、物は良くても買える人がいなくなる。

しかもあまりに高いものを置くと、今度はアルケミーポットの防犯面も気にしなきゃいけない。

今でも防犯用の魔導具をいくつか置いているが、それでは間に合わないかもしれない。ミリアに危険が及ぶのは絶対に避けなければならないのだ。

「エリックを頼ってみようか」

彼なら貴族にも伝手《つて》がありそうだからな。
羽毛布団は貴族を中心に少数だけ販売する……よし、決まった。それでいこう。
方針が定まったところで、羽毛布団を体にかけて横になる。
ユキマルとシロガネもおいで。
おやすみ。

第九話　貴族に高い値段で炬燵を売りつけたりなど。俺は悪徳商人だ！

小屋を出ると、そこは雪山でした。

そんなモノローグが浮かんでしまうほど、真っ白の雪。白銀の世界だ。

前世で住んでいたところはなかなか雪が降らなかったので、こういう光景を見ると未だにテンションが上がってしまう。

「よし、防寒対策もばっちり」

冬のためにダウンジャケットとセーター、長靴も作っておいた。

「せっかく雪が積もったんだ。今日は冒険者稼業もアルケミーポットの手伝いもお休み。遊ぶぞ！」

そう宣言すると、ユキマルとシロガネの目も輝いた……気がする。

雪に足をつける。もふっ。おっ、足がめり込んだ。でも長靴をはいているのでへっちゃら。

ユキマルとシロガネの二匹は、楽しそうに雪原を走り回っている。

真っ白な体で雪の中を走り回っているので、つい見失ってしまいそうになる。

二匹とも雪にテンションが上がっているようだ。

「雪遊びといったら……雪合戦かな」

足元の雪をすくって丸める。雪玉をウサギ親子に投げた。ふんわりと緩い放物線を描いて、シロガネに当たる――直前。シロガネがくるっと身を翻して回避する。

だが、俺は諦めない。

何度かユキマルとシロガネに雪玉を投げる。しかし当たらない。当たっても痛くない速度で投げているというのもあるが、二匹ともなかなか俊敏だ。

そうしている間に、シロガネが俺に体当たりしてくる。もふもふして痛くない。

しかしバランスを崩して転倒してしまう。下も雪なので全然痛くない。楽しい。シロガネは「どうだ！」と言わんばかりにドヤ顔だった。

「くそ～！」

雪はウサギ親子の独壇場ということか？

くくく……俺を舐めるとは大した度胸だ。確かに雪の中ではウサギの方が速く動けるかもしれない。

だが、俺はそんなもんで諦めたりしない。人間の叡智《えいち》、ウサギ親子にとくと見せてやろう！

テンションを盛り上げるために、心の内でそんな台詞を言い放つ俺。

「ただ投げるだけじゃダメだ。投石器……ならぬ、投雪機《とうせつき》を作ろう」

そうと決まったら錬金術だ！

木材を集めて投雪機を作成。雪を入れたら自動的に丸めて、ウサギ親子に投げる投雪機だ。

イメージとしてはピッチングマシーンに近い。だが、これでもウサギ親子に雪玉をぶつけることはできなかった。まだ足りない。

速度は上げられない。ウサギ親子に怪我をさせてはいけないからだ。なので連射できるように改良する。

おっ、さっきよりもマシになった。しかしまだ当たらない。雪玉の元となる雪を投入するのも、地味に疲れる。なんとかならないだろうか。

「見た目も悪いな」

前世の記憶を辿る。

俺はロボットアニメがそこそこ好きだ。休日になったら、溜めていたロボットアニメを一気見するのが趣味の一つだった。

そうだ……投雪ロボットを作ろう。自動的に雪玉を作り、連射してくれるロボットだ。これならウサギ親子を捉えられるだろう。

だが、そのためには木材が足りない。シロガネに手伝ってもらって、木材をさらに集める。

まさかウサギ親子も、自分が倒されるためのロボットが作られるなどとは、夢にも思っていないだろう。

余っていたメタルスパイダーの骨で、骨組みを作る。大きさは三メートルくらい。おお、ロボットっぽくなってきた。

最後に木材で外装を作る。魔導モーターを使い自動で駆動するようにもする。立派な投雪ロボットの完成だ。

スノーマシーンとでも名付けよう。

《スノーマシーン……雪玉を投擲《とうてき》することに特化したマシーン。自動的に雪を補給し、雪玉を作ることもできる》

「ゆけ！　スノーマシーンよ！　ウサギどもを駆逐するのだ！」

ロボットアニメのキャラクターになりきって、台詞を口にする。

スイッチを入れると、スノーマシーンがウィーンガシャンガシャンという機械音を立てて、自動的に周囲の雪を補給し出した。

目にも止まらぬ速さで雪玉がウサギ親子に発射されていく。これにはウサギ親子も為す術がない。

シロガネに雪玉が当たる。体が大きい分、避《よ》けられなかったのだろう。

すばしっこく動いていたユキマルも、最終的にはスノーマシーンの前になすすべなし。雪玉が命中した。

「よしっ！」

人間の勝利だ！

そう調子に乗っていたのも束の間、スノーマシーンが不穏な音を立て出した。

……あれ？　発射口が俺に向いている。ちょっと待て。すぐにスイッチを切ろうと思うが、時既に遅し。雪玉が連射され、俺に全て命中した。

ぐわっ！　柔らかい雪玉とはいえ、ここまで連続で当たると息苦しくなる。それを見て、ユキマルとシロガネは笑っている――ようにも見えた。

策士策に溺れる。人間の敗北だ……。

ようやくスノーマシーンまで辿り着いて、スイッチを切る。

これはまだ、人間には速すぎた発明だったかもしれない。でもせっかく作ったので保管しておこう。

こんなに大きいスノーマシーンでも、アイテムバッグがあれば収納することができるのだ。

「雪合戦は終わりだ。今度はカマクラでも作ろう」

ウサギ親子にも手伝ってもらい、カマクラを作っていく。

先ほどの雪合戦とは一転、平和な時間が流れる。

カマクラなんて作るのは初めてだったが、無事に完成した。

中に入ったらほんのりと暖かい。その中に俺はテーブルも作って、その前に座る。

膝の上にはユキマル。隣にはシロガネが寄り添ってくれる。

暖かい。至福の時間である。

しばらくのんびりとしていたが、ぐうーっと腹の虫が鳴いた。

「お腹が減ったね」

うどんでも作るか。

アイテムバッグから調理器具を出す。キャンプ用の鍋と包丁だ。

次に材料も取り出して、うどんを作っていく。

まずは水魔法で野菜を洗い、食べやすい大きさにカットする。

ファットバードの肉もついでに切っていく。

次に火魔法で火をおこす。キャンプ用鍋に水を入れ、出汁を加えて温めておく。街の市場で買っておいたしょうゆとみりんも加えて全体的に味を調える。

カマクラの中は、出汁の良い匂いで満たされる。幸せだ。

煮立った出汁の中に野菜を加え、煮込んで柔らかくなるまで煮る。ぐつぐつ、ぐつぐつ。

豆腐と鶏肉——ファットバードの肉も加えて煮る。ぐつぐつ、ぐつぐつ。

うどんも加えて煮立てる。そろそろいいか？　少しだけ味見……うん。ほどよい柔らかさだ。火を切る。

器はどうしようか。作ろうか。錬金術でさっと器を作る。錬金術はほんとに便利だ。

俺とユキマル、シロガネの分のうどんを器によそう。

自分用によそったうどんに、ねぎと七味唐辛子を振りかける。

鍋焼きうどんの完成だ！

早速うどんを食べる。ちゅるちゅる。

目を瞑って、そう呟く。じーんとくる美味しさだ。野菜もよく出汁を吸い込んでいて旨い。

「旨い」

ウサギ親子は少し食べにくそうにしていたので、俺は箸でうどんの麺を持ち上げ、二匹に近付ける。

二匹もちゅるちゅるしながら、うどんを食べていた。美味しそうだ。

お茶も欲しくなってきた。市場で良さそうな茶葉も見つけていたんだ。うどんをゆっくり食べながら、お茶も作る。

完成。ずずず。お茶も旨い。外は寒いのに、まるでここは暖房の効いた部屋の中みたい。満腹感もあって、俺はその場から動けなくなっていた。

このまましばらく、ゆっくりしよう。

なにせ時間はたっぷりある。異世界の冬を堪能すればいいのだ。

◆

それから数日、俺は雪山での生活を堪能していた。久しぶりにゆっくりできて、心身ともに全快だ。

だが、そろそろ街の様子も気になる。魔物の素材も少なくなってきた。いい加減、まともに働きますか。

そういうわけで俺は久しぶりに山を下りてきた。

冒険者ギルドに行くと、みんなから注目される。アリシアさんにまた、呼び出されそうになった。華麗に回避して、グレッグを探す。

「おう、レン。久しぶりだな」

いた。グレッグが手を上げて、こちらに近寄ってくる。

隣にはエリックもいた。二人に会えるとは、一石二鳥だな。

「最近見なかったが、なにをしてたんだ」

「雪で遊んでいた」

「雪……？　お前、子どもっぽいことをするんだな。まあ子どもには違いないんだが、たまに忘れそうになる」

とグレッグが頭を掻く。

「お前を探してたんだ。エリックがお前に話があるみたいでな」

「話？　面倒ごとだったらお断りだよ」

「まあまあ。話だけでも聞いてくださいよ」

笑顔でエリックが話しかけてくる。

相手の機嫌を計るような笑い方だ。

知ってる。こういう時、大体面倒ごとを押し付けられる。

エリックにはアルケミーポットの営業を再開する時、世話になった。ゆえに彼から頼みごとをされたら断りにくい。

さっさとこの場からいなくなろう。

「あ、俺……急に腹が痛くなって――」

「おい、逃げるな」

「あなたにどうしても会いたいという貴族がいるんですよ」

逃げようとしたらグレッグに首根っこを掴まれ、その間にエリックが勝手に話を始めやがった。

こうなっては逃げられない。

「どうして貴族が俺に会いたがる」

「そのことを話す前にまずは――あなたから高級羽毛布団を預かっていたじゃないですか？あれは貴族を中心に売り込んでいたんですが、三日で売り切れました」

「マジか」

結構なお値段にしていたはずだ。それなのに三日で売り切れるとは。貴族の財力はすごい。

「羽毛布団はとても好評で、また違う商品があったら優先的に回してくれと言われるほどですよ」

「そうか。それはよかった。じゃあ俺はこれで……」

「そして羽毛布団が気に入った貴族の中で、どうしてもレンくんに会いたいという人がいる——というのが今回の話なんです」

少しでも間を置けば逃げられると思っているのか、エリックは強引に話を進める。

「俺が面倒ごとを嫌っているのは知っているよね？　貴族と会うなんて、面倒な予感しかしないんだけど」

「もちろんです。ですが……その方があまりに大物すぎて、かつ私も信頼を置いている方なんです。レンくにとっても悪い話ではないと思うので、一度お話を……と」

「ちなみにどんな大物なの？」

「ベルクレイド公爵家の若き当主——ルシウス・ベルクレイド様です」

……知らん。

公爵だから大物には違いないが、なにせ俺は未だにこの世界の事情にあまり詳しくない。

というか深く知ろうとしなかった。自分には必要のない知識だと思っていたからだ。

「私も困っているんですよ。ですが……断りきれず、どうしたものかと思いまして。私を助けると思って、どうか一度お会いしていただけませんか？」

「うーん……」

少し考える。

なにを言われても、絶対に断るつもりだった。しかし相手は公爵だ。それにエリックにも恩を返しておきたい。

エリックがそう言うということは、ルシウス・ベルクレイド公爵とやらは比較的安全な人間なんだろう。

「分かった。会うだけ会ってみる。だけど、一つ条件がある。一人じゃ不安だから、エリックも一緒に付いてきて」

「もちろんです。万が一レンくんに不都合な話などされたら、私の商人人生を賭けてでも断りましょう。レンくんはなにも悩む必要はありませんから」

とエリックが自分の胸を叩く。

「俺も行こうと思ったが……俺はそういう貴族に会う作法は知らない。だから……」

「分かってる。グレッグは今回お留守番だね」

「すまない」

グレッグがそう頭を下げる。

俺も貴族の作法なんか知らないがな。

……あっ、そういや俺って貴族の捨て子——落とし子だっていう設定だったか。だから大丈夫だと思われているのか。

どちらにせよ、エリックが付いてきてくれるなら大丈夫だ。そのためのいつでも安心安全のエリックである。

山を下りて、いきなりこんな話を持ち込まれるとは。

やはり俺は山に引きこもっておいた方がいいかもしれない。

◆

数日後。

準備を済ませてエリックと二人で、ルシウス・ベルクレイドなる貴族の邸宅に行くことになった。

到着。隣町だからすぐに来られるよね。

公爵家ということもあって、邸宅は外から見るだけでも煌びやかで目を奪われた。

これなら俺が作った羽毛布団なんて、何個でも買えるだろう。そう納得する。

邸宅の前には、既に執事っぽい男が立っていた。エリックが事前に訪問の日時を知らせていたのだろう。

いざ、貴族の邸宅へ。敷地内に足を踏み入れただけで、別の世界に迷い込んでしまった感覚になる。

いや、そもそもこの世界が俺の住んでいる世界とは別ではあるんだが。

やがて執務室なる場所に辿り着くと、そこには黒髪のイケメンがいた。


「来てくれたか」


黒髪のイケメンは書類から顔を上げ、俺を見つめる。

男の俺でもハッとするようなイケメンだ。さぞ女にモテるんだろうなあ。羨ましいばかりだ。

そういや、俺には浮いた話が全くない。何故だ！　結構イケメンに生まれ変わったと思うのに！

そう嫉妬の炎をメラメラと燃やしていると、

「くくく、警戒しないでもよい。なにもお前を取って食おうと思っているんじゃないからな」

とおかしそうに笑う。

「ルシウス様、レンくんを怖がらせないでくださいよ」

「すまない、すまない。つい、からかいたくなってしまった」

エリックが窘《たしな》めるが、黒髪のイケメンは飄々《ひょうひょう》と受け流す。

うむ……なんとなく察してはいたが、この男がルシウス・ベルクレイド公爵というわけか。

「さて、まずは自己紹介からか。俺はルシウス。ベルクレイド公爵家の当主を務めている」

「レンです」

短く名乗る。

――道中にエリックから聞いていたが、ベルクレイド公爵家の元々の当主は数年前に亡くなっているらしい。

ルシウスはまだ二十代半ばだと聞く。若くして公爵家の当主を継ぐことになった――ということである。

「早速本題に入るが、あの羽毛布団を作ったのは本当に君なのか？」

「はい」

「素晴らしい。エリックから話は聞いていたが、まさか君みたいな子どもが、あんなすごいものを作るとはな。おかげで今年の冬は快適に過ごせそうだ」

ルシウスの表情が柔らかくなる。

「ありがとうございます。ですが……そのことを言うために俺――僕と会いたかったと？」

「それもある。ただ……」

ルシウスが苦い表情を作って、こう続ける。

「最近は日中も寒い」

「そうですね」

「俺は寒がりでな。このままでは寒さで手がかじかみ、まともに仕事もできない。だから仕事をしながらでも、暖が取れる良い方法がないのか……と」

とルシウスは自分の手をすりすりとさする。

「ルシウス公爵はレンくんの腕を高く評価しているのですよ」

エリックが柔和な笑みを浮かべる。

「その通りだ。今まで、様々な職人や商人の話を聞いてきた。しかし俺の願いを叶えてくれる者は、誰一人いなかった。無理難題を押し付けているとは思う。しかしあの羽毛布団を作った君ならあるいは――と思ったわけだ」

なるほど。ルシウスが俺をここまで呼び寄せた理由は分かった。

「なんなら、布団を羽織ったまま仕事をしてみては？」

「そういうわけにもいかない。俺はくだらないことだと思っているが……これでも公爵家当主としての威厳も保たなければならない。まあ一度は試してみたがな。執事に窘められたよ」

とルシウスは苦笑する。

半分ジョークのつもりで言ってみたが……まさか既に試しているとは。

こんなイケメンが布団を頭から被って、そこら中を歩き回っている光景を思い浮かべる。

……なかなかシュールな光景だ。こいつも意外と可愛いところがあるな。

「うーん、仕事内容についてお聞きしてもいいですか？」

「基本的には邸宅内で書類仕事だな。一人でやっているから、余計に寒さを意識してしまう。外に出る時は我慢できるのだが、せめて書類仕事をしている間だけでも、この厳しい寒さをどうにかできれば――と考えている」

「なるほど。愚問かもしれませんが、書類仕事というのは机の前でやっているんですよね？」

「そうだ」

頷き、ルシウスはこう続ける。

「なにか良い方法はあるか？　金なら言い値で払おう。他にも、なにか必要なら用意する。どうだ？」

試すような視線をルシウスが向けてくる。

寝ている間じゃなくて、ぬくぬくと暖まりながら仕事がしたい……か。

いっそ暖房機能を備えたエアコンを作るか？

それもありだと思う。しかしこの広い室内で、暖房がどこまで効くかとなると疑問だ。

魔石がいくらあっても足りない。ちょっと効率が悪い気がする。

もう少し局所的で……机の前に座っている時だけでも、暖かくなるような――。

「あっ、そうだ」

ポンと手を打つ。

「一つ、良いものが思い浮かびました」

「ほ、本当か⁉」

ルシウスが勢いよく椅子から立ち上がる。

「はい。ですが、少し時間をください。作ったことがないので、本当に上手くいくか分かりませんので」

「ああ、もちろんだ。ちなみに……どれくらいの時間が必要だ？」

「一週間もあれば十分かと」

「一週間！　そんなに短くていいのか！　素晴らしい！　やはり君を頼って正解だったよ」

声を弾ませるルシウス。

布団に包まれながら仕事をしたりと、意外と可愛いところが多い。

これもギャップというやつか？　男の俺でも少しときめいたぞ。イケメン、恐るべし。

「レンくん、一週間でなんて本当に大丈夫ですか？　忙しいのは、あまり嫌だったのでは……」

「大丈夫」

気遣ってくれるエリックに、俺はそう頷く。

正直、一日もあれば作れると思う。最短で五分だ。しかし一週間と長めに期間を設けたのは、もしもの時のため。

納期に追われて、徹夜するようなことは避けたい。

ルシウスに気に入られれば、エリックの顔を立てることにもなるだろう。

エリックには散々儲けさせてもらっているからな。良い機会だし、ここらで借りを一つ返しておこう。

それにしても――ルシウスはバカだ。言い値で払うなんてことは、滅多なことがないと言ってはいけない。

金持ちから金を搾り取る！

前世で一度やってみたかったことだ。

◆

予定通りに一週間後。

俺はある商品を完成させ、エリックともう一度ルシウスの邸宅を訪れていた。

アイテムバッグから完成した商品を出すと、ルシウスは不思議そうな顔をする。

「これは？」

「炬燵《こたつ》というものです」

《炬燵……寒い冬を凌ぐために用いられる魔導具。四角いテーブルの中には、暖かい空気を発

生させる魔導ヒーターが内蔵されている》

執務室に炬燵をセットし、スイッチを入れる。

「中に足を入れてみてください」

「分かった……ん！」

するとルシウスは驚愕で目を見開いた。

「なんということだ！　中が暖かい！　まるで暖炉の側にいるかのようだ」

「はい。それが炬燵ですから」

座りながらやる書類仕事においては、炬燵は最適。

我ながら良いアイディアを閃いたものである。

「エリックよ。そんな物欲しそうな目で眺めていないで、君もこっちに来てみたらどうだ」

「では……お言葉に甘えまして――」

エリックもルシウスの隣に座って、炬燵に足を入れる。彼も炬燵に驚き、何度か中を覗《のぞ》き込んでいた。

「落ち着きますね」

「ああ、落ち着く。優しい暖かさだ……」

ルシウスとエリックはのほほんとした顔になる。なんならそのまま眠ってしまいそうだ。

炬燵に入って寝落ちするのは、前世でも定番だからね。

まあ起きてすぐに喉がカラカラになっているのに気付いて、少し後悔するわけだが。

「不思議な魔導具だな。火事とかにはならないのか？」

「燃えるものを中にある発熱器具に近付けなければ、取りあえずは安心でしょう。まあ安全装置も付けていますので、もし火事になりそうな時は自動的にスイッチが切れるようになっています」

「細やかな気遣いも最高だ。やはり君に頼んでよかったよ」

とルシウスは穏やかな笑みを浮かべる。

相変わらず炬燵には足を入れたままだ。炬燵って気持ちいいもんね。

「気に入った。早速買いたい。値段はいくらほどだ？」

「そうですね。材料にもお金がかかっていますし、これくらいならどうですか……？」

恐る恐るその値段を告げる。

それは俺からすると目ん玉が飛び出そうな価格である。

前世から考えると、どんなに高級な炬燵でもこの値段設定は有り得ないのだが……なにせ相手は貴族。

しかも炬燵はこの異世界にない新商品ときている。

炬燵ってのは時に人をダメにする。

炬燵の魅力に取り憑かれた人間は、もう二度とそれを手放せなくなるのだ。

だから俺はルシウスの足元を見た。

さて——言い値で買うとは事前に聞いていたが、これほどの金を要求されるとは思わなかっただろう。

これからは大人の交渉だ。

そう固唾《かたず》を飲んでいたが、

「なんだ。そんなに安くていいのか？　それなら今すぐにでも払える」

ルシウスがパチンと指を鳴らすと、執事が部屋に入ってきた。

その手には袋が持たれていた。

「持っていってくれ。少し多めに入っているが、急な作業をやってもらったことに対するお礼だ」

とルシウスに言われ、俺は袋の中を見る。

えーっと、白金貨が一枚……二枚……。

その先を数えるのは、怖くなってやめた。何故なら、白金貨一枚で百万イェンの価値があるからである。

一イェンは一円に相当する。つまり少なくとも二百万イェンで……それ以上あって……。

ダメだ。目が回ってきた。

小心者の俺にとっては、この金額はでかすぎる。

「こんなにいただけませ――」

「レンくん、受け取っておきましょう。断るのも失礼に当たりますよ」

とエリックが優しく助言する。

そういうものか？

まあ相手は貴族だからな。俺が断ったら、メンツを潰されたと思われるのかもしれない。

「あ、ありがとうございます。ありがたく頂戴いたします」

「こちらこそ、こんなに素晴らしい商品を作ってくれて礼を言う。願わくは、これからも末長いお付き合いをしていきたいもんだな」

そう言うルシウスは炬燵から離れようとしない。エリックも一緒だ。

たかが炬燵を作っただけで、こんなにお金がもらえるなんて……。

もしかして、ルシウス以外の貴族にも炬燵を売れば、もっとお金が手に入る？

お金は大事だ。

そこまでこだわっていないとはいえ、稼げる時に稼いでおいても罰が当たらないだろう。

それにや・り・た・いこともできたしな。

炬燵を量産しよう。いや、他にも冬の商品を作ってみるのもいい。

それらをアルケミーポットに並べる。

エリックに頼んで、貴族に売ってもらうのもありだ。

冬も忙しくなりそうだ。

◆

俺はあれから、炬燵の量産体制に入った。

炬燵を買えない庶民のためにも、カイロも作った。

売れ行きが好調だったので、貼るタイプも作ってみた。

飛ぶように売れる。アルケミーポットは今まで以上に繁盛した。

だけど三時のおやつは欠かせない。

店の入り口に『お菓子タイム中』という札をかけて、ミリアとユキマルと俺とでくつろぐ。

炬燵に入ってぬくぬくだ。うちのユキマルもご機嫌である。

「レンさん、このみかん、美味しいですね。どこで買ったものですか？」

「内緒」

ミリアからの質問に、俺はそう答える。

無論、山——神域のみかんを持ってきたわけである。山のみかんは市場にあるものよりも新鮮で美味しいのだ。

みかんの皮をむいて、一房を口に入れる。ん〜、旨い。炬燵に入って食うみかんは、どうしてこんなに美味しいんだろうか。

翌日、西洋風の部屋に炬燵とみかんは合わないような気がした。だから改築する。錬金術があれば、改築だってお手のものだ。

アルケミーポットの休憩室の床に、畳を敷いた。あとは扉も障子にしてみた。

そのための素材であるイ草は運良く山に生えていたし、障子の和紙については錬金術で自作した。あの山と錬金術があれば、どんなものでも作れそうな気がする。

部屋は日本的なものに様変わりしている。おばあちゃんの実家に戻ってきた気分になる。

もっとも、今の俺の実家はあの山ではあるが。

飲み物が欲しくなってきた。だから俺は珈琲《コーヒー》を入れる。これも旨い。日々の疲れが取れていく。

みかんと珈琲って合うんだろうか？と思ったが、意外とこれがマッチした。

珈琲の独特な苦味と香ばしさ。みかんの甘さと微かな酸味。

その味わいは対照的ではあったが、不思議とお互いの長所を潰さずに際立たせている。

面白い味わいだ。お客さん用に出してみても面白いかもしれない。

そんな感じで忙しくもまったりとした日々を過ごしていたが、ある日エリックがアルケミーポットを訪れた。

「お久しぶりです。しばらく見ないうちに、随分と休憩室が変わりましたね」

「模様替えだ」

「なるほど。どこかで見たことがある光景だと思いましたが——昔の有名な絵画に描かれているものと同じです。レンくんがまさか、それを知っているとは」

当然、初耳だ。

やはり……以前にも日本人がこの異世界に来ていた？　そいつは俺と同じように日本風の部屋を作ったのだろう。そしてそれが絵として残された。

「その絵画はどこにある？」

「え？　知らなかったんですか？　隣国の芸術都市ですよ。機会があれば、みんなで旅行にでも行きたいですね」

国を跨ぐのか……すぐには行けないっぽい。まあ頭には入れておこう。

「話は変わるけど、最近エリックも忙しいってグレッグから聞いたんだ。なにをしてたの？」

「あなたからお預かりした炬燵を、貴族に売り込んでいたんですよ。炬燵もすごく好評でした。はい——これがあなたの分け前です」

エリックから炬燵を売ったお金をもらう。

そこにはとんでもない量の白金貨が入っていた。なんなら、ちょっと引いた。

俺の分け前は五割で良いと伝えていた。しかしこの男は九割も渡してくるのだ。こんなので
エリックに儲けは出るんだろうか？

さすがに悪い気がしたので、そう問いかけてみたら。

「ははは、なにを言うんですか。元の値段が高いですからね。あなたに売上の九割を渡しても、
まだ私は大儲けできてますよ。ありがとうございます」

「だったら、いいんだけど……」

それにしても、あんなぼったくりの値段でも買う貴族がいるとは……。

店内に置いている冬のグッズも、少し高い値段設定にしている。

元値はほとんどかかっていないというのに。

これだけ儲けを出してしまっている。しかもそれをお客さんには伝えない俺。

全く。俺はとんだ悪徳商人だ。

「レンさん、そんなにお金を貯めてなにか買いたいものでもあるんですか？」

内心で高笑いをしている俺に、ミリアがそう質問してきた。

「そうだな……あまり金には執着していなかった。しかし気が変わったんだ。買いたいものが
あるから」

「なんでしょうか？　レンさん、あんまりものを欲しがらないじゃないですか。珍しいですね」

「お金を使うのは苦手だからね。しかし……今回ばっかりはそうもいかない。実は店の増築を考えているんだ」

「え！」

そんなことを俺が言い出すとは思っていなかったのか、ミリアが驚きの声を上げる。

「それだけじゃない。お客さんが増えてミリアの負担も大きくなってきたし、従業員も雇おうと思っている。そしてゆくゆくは支店も出したいと考えている。アルケミーポット二号店だね」

そのためには、お金がいくらあっても足りない。

建物自体は俺の錬金術で作れるような気がする。だが、さすがに耐震性とかが気になる。

それにいくら錬金術が万能だろうと、建物を建てる土地がなければいけない。

土地を買収するためには、多額の金が必要だ。

「まあ俺が勝手に考えているだけ……だけどね。アルケミーポットはミリアの店だ。だからミリアが嫌だと言うなら、考えをあらためるけど――」

「そんなことはありません！」

とミリアが俺の両手を握る。

「レンさんとのお店がどんどん大きくなっていくのは、素敵なことです。レンさんが、そんなことまで考えてくださっているとは思っていませんでした」

「そ、そう？」

「レンさんには返し切れないほどの恩があります。だから……お店を大きくすることを、レンさんへの恩返しの一つにしたいと思います。私、もっと頑張りますね！」

「ほどほどにしてね。頑張りすぎて、ミリアに倒れられた方が困るから」

苦笑する。

なんにせよ、ミリアも賛成してくれてよかった。

……おい、エリックよ。どうして、そんなに微笑ましそうな顔で俺たちを眺めている？

初々しいカップルを見るかのような視線だな、おい。

あとで今後やめるようにと注意しておこう。

◇◆◇

ベルクレイド公爵家の邸宅。

若き当主ルシウスは炬燵でまったりとしていた。

「レンはすごいな。こんなものまで開発してしまうとは」

独り言を呟きながら、レンのことを思い返す。

エリックからは凄腕の魔導具職人だと聞いていた。

しかし羽毛布団や炬燵など、あんなに優れた魔導具を作れる職人は見たことがない。

しかも仕事も早い。

レンの存在がもっと広まれば、たちまち引っ張りだこになるだろう。

「エリックがレンについて、なにか隠しているような気はする。まあ詮索して、レンたちの機嫌を損ねてしまっては悪手だから、問いただすつもりはないが」

レンは優れた魔導具職人というだけではない。

非常に良心的な性格をしているのだ。

普通、炬燵なんて魔導具を開発したら、もっと高い値段を吹っかけてくるだろう。

しかし実際に要求された値段は、想定よりかなり下だった。

レン——から商品を預かったエリックは、他の貴族にもレン製の魔導具を売っていると聞く。

それら全員が「こんなに安くていいのか？」と目を丸くしているという。

「あんなに金儲けに興味がない人間は、初めて見た。だが、あの性格だ。他人から利用されてしまうことがあるかもしれない」

そうなった場合、公爵という立場を利用してでも、レンを守ろう。

ルシウスはそう決意する。

こうして、レンのファンがまた一人増えたのであった。

◇
◆
◇

その頃、冒険者ギルドでは不穏な空気が流れていた。

夜遅い時間だったので、建物内には冒険者の姿はなく、職員だけが残っている。

「な、なんだと⁉ 魔族が蜂起しただだと⁉」

「は、はい！ 近くの街や村を次々と壊滅させているという情報が入っています。魔族たちはこの街を目指して進軍しています。いずれ、ここにも到着するかと」

「魔族の数は？」

「百は超えると聞いています。中には上級魔族の姿もあるそうです」

「そ、そんな……」

ギルド長が絶望し、力をなくして椅子に座る。

魔族一体でS級の魔物の力に匹敵するといわれる。

上級魔族にいたっては、さらにその上。SS級、SSS級……もしかしたら、X級に指定されるかもしれない。

「いくらこの街の冒険者たちが優秀でも、百を超える魔族の大群には敵わない。一体どうすれば……」

ギルド長の呟きに、誰も答えを返すことができなかった。

しかし受付嬢をしているアリシアは思う。

（レンさん……）

一年も経たずして、銀ランクに昇格した新人冒険者。
レンの顔を思い浮かべながら、アリシアは右手をぎゅっと握った。

第十話　年末は忙しくなるものだけど、それは異世界でも一緒だった

年の終わりが近付いてきた。

最近は炬燵を作って貴族のルシウスから金をぼったくったり、アルケミーポットで客から金をぼったくったり――と俺は悪徳商人としての才能をいかんなく発揮していた。

ごたごたしていたが、それもようやく落ち着きを取り戻し、俺は久しぶりに山でのんびり暮らしていた。

「平和だ」

炬燵でぬくぬくと暖まりながら、そう声を発する。

膝の上にはユキマル。隣にはシロガネだ。

思えば、異世界に来てからの一年は色々とあった。

冒険者になったり、海の街マリンブルーズや魔法都市アストラギアまで旅行に行ったり……忙しい日もあったが、とても楽しかった。

街の人も親切だしね。

来年もきっと楽しい日になるだろう。

「やりたいことはまだまだたくさんある」

アルケミーポットの増築、そして支店を開くという目標も立てた。

あっ、旅行の回数はもっと増やしたいな。船に乗って別の大陸にも行ってみたい。

あとは謎の究明だな。分からなければ別にいっか——というレベルなんだが、錬金術が何故失われた技術となってしまったのか。俺以前に日本人が異世界に来ていたのか。知りたいことが山ほどある。

「結局、シロガネも街に連れていけなかった。来年はシロガネもアルケミーポットの看板ウサギとして活躍してもらいたい」

俺が視線を隣に向けると、シロガネは「行きたい！」と言わんばかりに何度かジャンプした。

可愛いやつだ。

来年も楽しいことが待ち受けているだろう。

これが侵害されそうになったら、俺はどのような手段を使ってでも全力で阻止する。

ぼんやりとそう思っていたが——その機会は意外にも早く訪れることになった。

◆

今日は街に行って、アルケミーポットの手伝いだ。

三時を迎え、俺とミリアはいつも通りにお菓子タイムへと入る。

「レンさん、美味しいビスケットを見つけたんですよ。レンさんにも食べてほしくって、買ってきました」

「ありがとう」

ミリアが炬燵の上にビスケットを出す。

早速一枚口に入れる。さくさくだ。旨い。無意識に、次のビスケットにも手が伸びていた。

看板ウサギとして連れてきたユキマルが、物欲しそうな目で見てる。だからユキマルにもビスケットを渡す。ユキマルは満足そうだ。

休憩室の中には音楽が流れている。俺がオルゴールを作って置いてみたのだ。時間がゆっくり流れるような気がする。

珈琲をずずずっと啜《すす》る。ほっとする。最近のマイブームはコップ一杯に角砂糖をたくさん入れることだ。

健康に悪いだろうか？　悪いんだろう。だが、これでいい。今の俺は若いんだしな。ちょっとくらい不健康でも、リカバリーが利くはずだ。

「ふふふ、そんなに角砂糖を入れるなんて。レンさんも、子どもっぽいところがあるんですね」

「そう？」

二杯目の珈琲に角砂糖を入れる俺を見て、ミリアが微笑む。

「はい。レンさん、子どもにしては私なんかよりしっかりしていますから」

「そんなことないよ。俺はどちらかというと、ずぼらな性格だ。面倒なことは全て放り投げてしまいたいと、いつも思っている」

「レンさんが？　意外です。レンさんは、自分を律することができるタイプだと思っていましたから。私、レンさんを見ているといつも自信を失ってしまいます」

しゅんと耳が垂れるミリア。

「なにを言うんだ。ミリアは俺が持っていないものをたくさん持っている」

「なんでしょうか？」

とミリアが俺に顔を近付ける。

「そ、それは……」

たくさんある。可愛いところとか可愛いところとか。だが、それを伝えたら気持ち悪がられるかもしれない。

ゆえに口をつぐんでしまっていると。

「もーう、レンさん早く教えてくださいよ！　それとも、やっぱり思いつかないとか？」

「ち、違う。ミリアの長所はか、か、か」

「か？」

ミリアがそう首を傾げる。

ダメだ。そんな風に見られると頭が真っ白になってしまう。
どうやって誤魔化そうか――そう考えていると、

「レン！」


ドンドン――けたたましいノックの音と共に、グレッグの声が外から聞こえてきた。

「せっかく、のんびりしてたっていうのに……」

面倒ごとの予感だ。

だけどグッドタイミング。なんとか話を誤魔化せそうだ。

俺とミリア、ユキマルは休憩室から出て、アルケミーポットの入り口まで移動する。

扉を開けると、グレッグが息を切らして中に入ってきた。

「どうしたの？　俺たちは今、お菓子タイム中だ。なにかあるなら、その後にしてほしいけど……」

「す、すまん。しかし緊急の頼みだ。話だけでも聞いてくれないか？」

断る――と口を動かそうとする前に、グレッグは勝手に話し始めた。

「実は魔族が蜂起して、この街に向かってきているんだ」

「ほほお？」

魔族――確か人間と同等の知性を持っていて、独自の文化を築いて暮らしている存在をそう言うんだったな。

魔物は本能のままに人を狩る。

しかし一方の魔族はとても狡猾《こうかつ》かつ残虐な生き物で、明確に人に対して悪意を持っていると聞いていた。

「ここでお前には二つの選択肢がある。まず一つ目は街から逃げること。だが、かなり遠くまで逃げなければ魔族に追いつかれるリスクがある。それでも、街中に留まるよりは安全だ。

そしてもう一つは俺の頼みでもあるのだが――魔族討伐にレンも参加してほしいんだ。情けない話、街の冒険者を全て集めても魔族の大群に勝てる気がしない。唯一、勝機があるとするならば……レン、お前だ」

そう言って、グレッグは俺を指差す。

「どうする？　もし魔族討伐に参加してくれるっていうなら、俺の命を賭してでもお前だけは絶対に守る。しかし逃げた方が安全というのも事実だ。レンが判断してくれ」

とグレッグは息を切らしながら、最後まで言い切った。

ミリアに視線を移す。とても不安そうな表情だ。

正直、俺だけなら逃げの一手だ。魔族討伐？　だって面倒そうじゃないか。

俺の異世界ライフにバトルは必要ない。ただのんびりと暮らせればそれでいいのだ。

しかし思う。このままでは街が魔族に蹂躙《じゅうりん》されてしまう。

ミリアもグレッグもエリックも、みんな危ない目に――最悪魔族に殺されてしまうのだ。

みんなと逃げるか？

神域に避難させるか？　いや、神域は微生物以外の他の生物を連れていけなかったはずだ。

それに仮に避難させることができても、果たしてみんなは俺の提案に首を縦に振るだろうか。

グレッグとミリアはどうだ？

グレッグは断るだろう。彼は責任感の強い男だ。たとえ死ぬと分かっても、魔族に立ち向かう。

ミリアは……正直、半々だな。ミリアとしては祖父から受け継いだこの店――アルケミーポットを見捨てたくないだろう。彼女はこの街に残ることを選択するかもしれない。

そして――この街で俺はたくさんの人と出会ってきた。

中にはクロノワール団みたいな悪いやつもいた。

しかし最初に出会った門番やギルドの受付嬢のアリシアさんみたいな、良い人たちもいる。

みんな、俺に親切にしてくれた。

そいつらがみんな死んでしまう？

そんなので俺は気持ちよく来年を迎えることができるか？

……そうじゃないよな。

「分かった。俺も行く」

「ほ、本当か!?」

「ああ。だけど、少し準備をさせてほしい。しばらく一人にさせて」

「もちろんだ。それに戦い本番はなにも今日明日の話じゃない。魔族がこの街に到着するまで、少しかかると聞いている。だが、当日の打ち合わせもしたいから、落ち着いたらギルドに来てくれ」

最後にグレッグはそう言い残し、その場から走り去ってしまった。

「レンさん、本当に大丈夫ですか？」

「ん？　心配する必要はないぞ。ミリアは大船に乗った気分でいて。それに……色々と魔導具を試運転してみたかったんだ。その丁度良い機会が訪れて、なんならよかったと思っているよ」

ミリアを安心させるために笑いかける。


俺はその後、ユキマルを連れて山まで転移する。

「万が一のことがある。ユキマルとシロガネは魔族を片付けるまで、山でお留守番な」

俺がウサギ親子にそう告げると、二匹はとても不安そう。

「二匹とも安心して。山の中なら、魔族の手が伸びることはないだろう――ん？」

ウサギ親子は自分の身のことを気にしていると思っていたが、どうやらそうじゃないようだ。

潤んだ瞳で俺を見上げている。

「俺を……心配してくれてるの？　大丈夫。俺は絶対に帰ってくる。みんなで年を越そう」

そう言って、俺は二匹を撫でてあげる。

俺は俺のスローライフを邪魔する者を許さない。

たまには本気を出そう。

そう思い、俺は作業に取りかかった——。

◆

魔族討伐戦の当日は、なんと今年最後の日だった。

みんな、ゆっくり過ごしたいっていうのに……どうしてこの日なんだろうか。

魔族に対して、俺はさらに怒りを募らせる。

さて——現在の俺たちは小高い丘の上で、迫りくる魔族の大群を見据えていた。
エスペラントの冒険者総出で、魔族の大群に立ち向かうことになった。

総出とはいったものの、冒険者全員ではない。

中には家族を連れて、街を離れる者もいた。

しかし無理強いはできない。文字通り命を賭ける戦いになるからだ。

それに低ランクの冒険者が戦いに交じっても、足手まといになるだけだろう。

街を守りたいという強い意志がある者だけで十分だ。

「あれが魔族か」

と俺は声を漏らす。

魔族は大体想像通りの外見だった。

人と同じような二足歩行の生き物。

とはいえ、頭から角が伸びていたり背中から羽が生えている。肌の色も紫色や緑色の者が多いし……ちょっと気味が悪い。

すごい数だ。ファットバードやメタルスパイダーといった弱い魔物ならともかく、魔族がこれだけ数をなして進軍してくる。本来なら絶望的な戦いだろう。

実際、魔族の大群を前に尻込みする冒険者も現れる。

だけど俺は魔族の恐ろしさってのを、いまいち理解していないもんでね。

みんなみたいに、恐怖の感情がそれほど湧いてこない。

「本当に俺たちは勝てるのか？」

「魔族を一人倒すだけでも骨が折れるっていうのに……」

「今からでも逃げるか？」

そんな声も上がっている。

「おい、お前ら！　戦う前から、そんな弱気でどうすんだ！　魔族につけ狙われるぞ！」

グレッグはそれらの冒険者を窘めるが、弱気な空気は全体に広がっていく。

「なんとかならねえのか……」

グレッグが頭を掻いて、苦い表情を作る。

うむ。そろそろお披露目といこうか。

「みんな、武器を持ってきた。これを使って」

そう言って、俺はアイテムバッグから武器を取り出す。

魔法剣と魔法拳銃だ。

あれから改良を続け、威力と効率性を追求した。

「これを使えば、誰もが簡単に魔法——のような攻撃を放てる。臆する必要はない。俺たちは強い。そう自分に思い込ませるんだ」

俺の言葉——そして武器を目の前に、冒険者たちの目の色が変わる。思い思いに武器を手に取り出した。

本来なら子どもの俺が言っている言葉には、耳を傾けられなかったかもしれない。

しかし先のグリフォンとの戦いにおいて、俺の力はみんなに見せつけている。

ゆえにみんなはすんなりと俺の言葉を呑み込んだのだ。


――そして戦争が始まった。


魔法剣と魔法拳銃を持ち、みんなは魔族に立ち向かっていく。

うむうむ……おお、やるじゃないか。魔法剣と魔法拳銃で魔族たちを蹂躙していく。


最初の予想とは違って、俺たちが優勢だ。

押せ押せムードが周りに広がっていく。士気の高まりを肌で感じる。

俺もその中に交じって、戦場を駆け巡る。

『ふんっ、子どもだと？　人間どもは相当人手が足りていないな――』

「子どもだからって舐めないでよ」

チューン！　ドーン！

魔石をこれでもかと使用して、魔剣を振るう。魔族どもが散っていく。子どもだからといって舐めるやつはお仕置きだ。

戦況は目立った変化はなく、人間側が主導権を握ったまま続いていた。

だが、少し手数が足りないな。

魔法剣と魔法拳銃では、どうしても各個撃破のような形になってしまう。

戦いが長引いてきたせいで、冒険者たちの顔にも疲れが見え始めた。

一方の魔族は疲れや恐怖を知らないのか、怯まずに進む。

やはり一気に魔族たちを殲滅する必要があるな。

いくら魔法剣と魔法拳銃が便利でも、人間の体力や魔力には限界がある。長期戦はこちらに不利だ。

仕方がない。少し不安が残る試作品になるが……俺は満を持して、アイテムバッグからロボットを取り出した。

そう――ロボットなのだ。

一から作ったわけではない。

ウサギ親子と一緒に遊んだ際に使用したスノーマシーンがベースとなっている。

魔族が来ると分かってから、急ピッチで改良に改良を重ねた。

そのせいで完成したのは決戦当日になってしまった。

ゆえにろくに試運転もしないまま、実戦に投入することになったが……今がそのチャンスだろう。

《魔導ロボット……十メートルを優に超すロボット。自動的に動き、敵を殲滅する機能が備わっている。足元に取り付けられたジェットエンジンの力で、空を飛ぶことも可能》

「スイッチオン」

魔導エンジンが駆動する。

機械音を上げながら、投雪機——もとい魔導ロボットがゆっくりと立ち上がる。

見上げんばかりの大きさだ。これには魔族だけではなく、周囲の冒険者も目を見開く。

魔導ロボットの足元から炎が上がる。それによって、魔導ロボットの体が浮き上がった。その勢いのまま、魔導ロボットが魔族の大群に突っ込んでいく。

魔導ロボットの目から、レーザーが放たれる。おお、上手く動いているみたいだな。

レーザーを前に魔族はなすすべがない。

魔導ロボットを壊そうと攻撃をしかける者もいるが、俺がいくらそいつにメタルスパイダーの骨を注ぎ込んだと思う？

しかも雷属性の結界魔法で、それらを繋ぎ合わせている。強固な装甲だ。やわな攻撃じゃ、魔導ロボットにダメージは通らない。

まるでゲームで雑魚敵たちを駆逐しているかのような光景が広がっている。

その隙に冒険者たちが鬨《とき》の声を上げながら、魔導ロボットが撃ち漏らした魔族を倒していく。

完璧なコンビネーションである。

悪いが、このまま一気にかたをつけさせてもらおう。

なにせ、年はウサギ親子と越すって決めてるもんでね。約束を破る嘘つきにはなりたくない。

そう思い、俺も加勢しようとすると……。


「やはり、最後には君が僕たちの前に立ちはだかるんだね」


魔導ロボット目がけて、細長い光線が伸びる。

光線は魔導ロボットの心臓部分に直撃し、装甲を貫通した。

魔導ロボットの目が光をなくし、動かなくなる。

む……正確に魔導ロボットのコアを撃ち抜いたのか？

ちょっとは歯ごたえのあるやつが、出てきたようだ。

「姿を見せなよ」

「言われなくても、そうするよ」

俺が殺気を込めて声を出すと、空中に一人の魔族が出現した。

なにもない空間からいきなり現れたように見えたが、あれも魔法だろうか？

今まで姿を隠していたということか。

どこかで見たことのある顔な気がする。誰だっけ？

「お久しぶりだね、レンくん。魔法都市で会ったぶりだ」

「あっ」

思い出す。

魔法都市から街に帰ろうとした時、俺たちにいきなり声をかけてきた不審者だ……。

確かゼフィルと名乗っていたか。

どうしてここに？と思うが、あの時とは雰囲気が違っている。

場の状況から察するに。

「お前も魔族だったということか」

「まあ、そういうこと。驚いた？」

くすくすと笑うゼフィル。

「お前も俺から大切なものを奪おうとしている――ということだな。許さないよ」

「その通り。しかし事実は少し違うね」

ゆっくりとゼフィルは語りを続ける。

「このような大規模な戦争を起こしたけど、僕の目的はただ一つだけ。レンくん──君一人だけを抹殺するためだ」

「俺一人だけ？　どうして？」

「分からない？　失われた力を持っているというのに」

失われた力──もしや、錬金術のことを言っているのか？

どうして、こいつが錬金術のことを知っているんだ？

──いや、この際それはどうでもいいか。

「お前には話を聞かせてもらう必要があるみたいだ」

そう言って、俺は指を鳴らす。

すると魔導ロボットの目に光が灯り、再び動き出す。

ゼフィルはそれを見て「ほほお。完璧に壊したと思っていたんだけど」と声を漏らした。

「こういうこともあると考えて、予備のコアを体に埋め込んでいた。俺がそこまで考えが至らないとでも？」

とはいえ、予備のコアでは魔導ロボットを長くは動かせない。

せいぜい十五分が限界だろう。

だが、ゼフィルを葬るにはそれだけあれば十分だ。

魔導ロボットが再び地面から浮く。そして俺を右の手の平に乗せ、ゼフィルがいるところまで飛翔《ひしょう》した。

「もう一度聞く。どうして俺一人だけを抹殺しようとした。失われた力ってなに？」

「君が使う錬金術だよ」

「やっぱりそれか。俺の錬金術を危険視した。だからこんな大群を連れて、街まで攻め込んできたと？」

「そういうこと。まさかまだ錬金術が使える人間がいるとは思っていなかった。錬金術は完全に滅ぼしたはずなのに……」

「滅ぼした？」

俺が問いかけると、ゼフィルは不気味な笑みを浮かべてこう続ける。

「大昔、この世界にはまだたくさんの錬金術師がいた。錬金術は人が使う力の中で、最も強力。しかも何故か、魔族には錬金術は使えない。今はまだ力が足りないが、このまま放置すればいずれ錬金術は魔族を滅ぼす手段となる――と先祖は考えた。

だから僕たち魔族は、錬金術師を皆殺しにした。そしてもう二度と、人間の中で錬金術を使う者が現れないように――と長い年月をかけて、錬金術の叡智を人々から奪った」

「なるほど――」合点した」

今まで、どうしてこんなに便利な力なのに、錬金術が世界から消え失せたのか疑問だった。

その答えは魔族がわざと、錬金術を人の手から奪ったのだ。

おそらく、錬金術に関して間違った知識を流布したのもこいつらだ。

錬金術は詐欺の一種。

だからそんなものを使う人間は、詐欺師以外に有り得ない……と。

もちろん、情報を全て消すことは不可能だったんだろう。

だから中には、羽毛布団のレシピが書かれていた有用な魔導書も残されていた。

「俺以外に錬金術を使う人間——錬金術師は現れなかったの？　錬金術師を皆殺しにしてからも、誰一人？」

「何人か現れたよ。だけどそのたびに、同じように殺してきた。君たち人間には、錬金術はもったいない」

「そうか。だけど、残念だったね。今まではそれでなんとかなっていたかもしれないが、俺はそうはいかない。それに戦況は人間側が優勢。変わりそうにもない」

そう言って眼下を指差すが、ゼフィルは余裕の表情を崩さない。

「そうだね……ちょっと君の力を侮っていたようだ。君ほど錬金術を上手く操る人間は、今まで現れなかった。君は本当に人間なのかい？　人間とは違う、バケモノなのかな？」

「どいつもこいつも俺をバケモノ扱いしやがって……失礼だな。そう思うなら、戦ってみたら分かるかもしれないぞ？」

「そのつもりだよ」

ゼフィルの姿が目の前から消失する――と思ったが、実際は彼の動きが速すぎて見えなかっただけだ。

一瞬でゼフィルが目の前に現れる。魔導ロボットが動き、彼と距離を離す。しかし相手は追尾し、光線を放つ。咄嗟《とっさ》に俺は目の前に雷属性の結界を張り、攻撃を防いだ。

「やるねえ。でも、その余裕そうな表情が気に入らないから、一つ言っておこう。今は優勢だからって調子に乗らないでよ。戦況なんて、僕一人で何回でも引っくり返せるんだから」

そうしてゼフィルとの一騎打ちが始まった。

◇◆◇

レンが巨大な人形《ひとがた》兵器と舞い上がっていく光景を、グレッグたちはただ眺めていた。

「グレッグさん！　あいつは……」

「ああ、上級魔族だ」

冒険者の男の声に、グレッグはそう答える。

冒険者ギルドから事前に聞いていた特徴と合っている。

それになにより、纏っている雰囲気と魔力が明らかに他の魔族と違っていた。

（どこかで見たことのあるやつだと思っていたが、魔法都市にいた不審者か。確かゼフィルと

いったな）

おそらく、素性を隠して人間社会に溶け込んでいたのだろう――いや、そんなことはどうでもいい。

種類にもよるが、上級魔族は過去にX級にも指定されたことがある。本来なら、世界中の人間が力を合わせて立ち向かわなければならない状況。

「なのに……っていうのによ――」

絶望的な状況だというのに、グレッグは感動で身を震わせていた。

「レンは一人で上級魔族を圧倒してやがる⁉　夢じゃないよな？」

巨大な人形兵器は先ほどより動きがよくなっている。

そのせいで上級魔族――ゼフィルは後手後手に回っている。

ここから見ていても、レンが圧倒的優勢であることは疑いようがなかった。

それはさながら、神がこの世界に降臨し、悪しきものに断罪を下しているかのようである。

（すごいすごいと思っていたが……まさかここまでとは）

グレッグは戦慄《せんりつ》する。

しかしいつまでもレンたちの戦いを眺めているわけにもいかない。

自分はやるべきことをしよう。

そう気持ちを切り替え、グレッグは地上に残っている魔族と戦いを再開するのであった。

◆

「どうして、こんなに強い⁉」

ゼフィルが焦っている。

正直……あんなに偉そうな登場の仕方をするのだから、もうちょっとやるものと思っていた。

しかしゼフィルは俺の作った魔導ロボットを前に、完全に押されている。

魔導ロボットのレーザーが的確にゼフィルを捉える。ゼフィルはすぐに魔法で回復するが、明らかに間に合っていない。

ゼフィルから攻撃を放つも、魔導ロボットの体には届かない。攻撃を華麗に回避し、俺たちは攻め続けていた。

「今まで手加減していたということか！　上級魔族である僕を前に……舐めた真似を！」

「舐めてなんかいない。ただ——俺が直接、魔導ロボットを制御したら、動きがよくなるのは当然だろ？」

有象無象の魔族を殲滅するためには、魔導ロボットに搭載している自動制御に任せておけば事足りた。

しかし自動制御では単純な動きしかできない。

それではゼフィルには勝てない。

そう思った俺は魔導ロボットの自動制御を切り、魔力で直接制御している。

まだ魔導ロボットから離れた状態で、制御するのは難しそうだがな。

しかし今の俺は魔導ロボットの手の平に乗っている。ここまで近付けば、直接制御は容易い。

「だが、すぐに魔力が切れるな。魔石があるからなんとかなっているが……これでは他の人が使えない。それに制御にも違和感がある。制御装置の作りがちょっと甘かったか？　改良の余地ありってことか……」

「なにをぶつぶつ呟いている！」

ゼフィルが激怒し、魔法をめちゃくちゃに放ってくる。

あー、もうヤケクソだな。冷静さを完全に失っている。

せっかくだから、もう少し試運転をしてみたかったが……そろそろ予備コアのタイムリミットだ。さっさとケリをつけよう。

魔力を魔導ロボットに流し込む。

魔導モーターが全て駆動し、魔力が胸部に集まっていく。

その異様な魔力を感じたのか、ゼフィルはその場から逃げようと身を翻す。

しかしもう遅い。

「お前のミスは、俺のスローライフを邪魔したことだ」

――発射！

何本もの光の束が集合し、ゼフィルを丸ごと飲み込めるくらいの極太のレーザーに昇華する。

ゼフィルは咄嗟に幾重もの結界を張る。しかし必殺のレーザーが当たると、硝子のように粉々になった。

俺が魔導ロボットの駆動を止めると、ゼフィルの体は完全にこの世から消滅していた。

◆

その後の戦いについては、特に言うべきことがない。

ゼフィルが死んだことを皮切りに、魔族たちは崩壊。

俺以外の人たちの活躍もあり、魔族を一人残らず殲滅することに成功した。歴史的な戦いに勝利したのだ。

俺たちは冒険者ギルドに戻り、今日の戦いを口々に褒め合っていた。

「うおおお！　俺たちは勝ったんだ！」

「この街を守ったんだ。やばい……俺、泣きそう」

「無理もねえ。未だに信じられねえよ」

ギルド内はお祭り騒ぎだ。

ギルド職員たちは『今回の魔族討伐によって王都から多額の報酬が出る』――と言っていた。

それをどう分配するのか……については これから話し合っていくことになるだろう。

「間違いなく、今日の勝利はレンのおかげだな。レン、本当にありがとな。お前のおかげで俺たちは生き残れた」

グレッグが俺の背中をバシバシと叩く。

相変わらず痛い。

「よしっ！　祝勝会に行くぞ！　王都からたんまりと報酬をもらえるんだ。今夜は豪遊だ！」

グレッグがそう声を上げると、ギルド内がさらに騒がしくなる。

豪遊……か。キャバクラとか？　またはそれに類するものとか。大人たちが豪遊すると聞いたら、キャバクラしか思い浮かばないのは、俺のイメージが貧困だからだろう。

「レンも来るよな？　高級料理もたらふく出るぞ！」

「高級料理には心惹かれるが……」

俺は首を横に振り、こう続ける。

「先約があるんだ。悪いけど、俺は不参加で」

「なにい？　祝勝会の主役が来なくってどうする。それに先約って――」

グレッグに止められるが、こればかりは絶対に譲れない。

そもそもこういう仕事終わりの飲み会って、基本的に嫌いなんだ。前世のトラウマが甦《よみがえ》るからな。

俺はグレッグが手を伸ばしてくるのを避け、なんとかギルドから退散する。

後ろからグレッグが追いかけてきたが振り払い、人気《ひとけ》のない場所で俺は山に転移した——。

◆

「ふう、なんとか戻ってこられた」

山の中。

今年がそろそろ終わろうとしている。

戦いの最中はアドレナリンがドバドバ出ていたので気が付かなかったが、正直寒い。

寒さから逃れるように小屋の中に入り、ユキマルとシロガネに「ただいま」と告げる。

ユキマルとシロガネは嬉しそうにジャンプしながら、俺に近寄ってくる。可愛い。

「ギリギリ間に合った。一緒に年を越そう」

とくると——年越しうどんだ！

本当はそばにしたかったが、そば粉は手に入らなかった。どうやら、この国ではそばを食べる文化はないらしい。悲しい。これも今後の課題だな。

具材はシンプルでいいだろう。かまぼことねぎ、そして海老の天ぷらだ。

まずはアイテムバッグから海老を取り出す。

マリンブルーズに行った時に取っておいたものだ。

アイテムバッグに入れておくと、鮮度が一定に保たれる。おかげで取れたてピチピチの海老を食すことができる。

海老の殻をむき、天ぷら粉にまぶす。その隙に油を温める。箸を入れると泡がぶくぶくと立ち始めたところで海老を投入。海老の天ぷらの完成だ。

さらにうどんの麺も茹でていく。同時進行で出汁も温めた。『炎と鉄の盃』で使われている出汁を、特別に分けてもらったのだ。

うーん、良い匂いが漂ってきた。味見のために出汁を少し飲んでみると、さっぱりとした味わいが口の中に広がった。これだけでも旨い。お腹いっぱいになりそうだ。

しかしそれをぐっと堪《こら》え、できたうどんのつゆを器に入れていく。もちろん、俺とユキマル、シロガネの分だ。二匹にも味わってほしいからね。

そして最後に湯ぎりしたうどんの麺を投入し、海老の天ぷら。かまぼことねぎを飾りつけていく。

こういうのでいいんだよ！と言わんばかりの年越しうどんが完成した。

俺は「いただきます」と言って、ちゅるちゅるとうどんを啜る。

「ああ……生き返る……」

今日はさすがに頑張りすぎた。

魔石でほぼ無限に回復できるとはいえ、魔力をかなり消費してしまった。関節が痛い。両足も重い。

ユキマルとシロガネにもうどんを食べさせてあげ、不意に錬金術で作った時計を見ると時刻は十二時を過ぎていた。

「ありゃ、いつの間にか年を越してたようだ」

だが、年を越すってそういうもんだと思う。

いつの間にか年を重ね、俺たちは大人になっていく。

思い返せば、色々なことがあった。

楽しかった。全て良い思い出だ。

分からないことは、まだたくさんある。

ウサギ親子の正体もそうだし、この世界に日本の文化を広めた存在もだ。

だが、それは来年——おっと、もう年は越したんだったな——今年にゆっくり考えたらいいと思う。

やりたいことがもっとたくさんある。

バトルなんてしている暇はない。

「来年も良い年になりますように」

俺はユキマルとシロガネを撫でながら、そう願った。

あとがき

鬱沢色素です。

この度は、当作品を手に取っていただき、誠にありがとうございました。


あなたは異世界に転生したら、どのような生活を送りたいですか？

強い魔物を倒して、冒険者として成り上がりたい？

滅亡寸前の領地を復活させて、ちやほやされたい？

人の数だけ、異世界転生の『夢』があるのだと思います。

今回の作品の主人公レンくんは、成り上がりたい――ちやほやされたい――という思いはなく、ただただ快適に異世界生活を満喫したいと思いました。

のんびりと錬金術でものづくりをしたり、旅行に出かけて美味しいものに舌鼓を打ったり、ウサギと戯れて癒されたりとスローライフを存分に楽しみます。

しかしレンくんの持つ錬金術の力は破格なもので、周りがそれを許しません。厄介ごとも多く舞い込んできて、レンくんは仕方なく、それに対応することになります。

レンくんが転移した山らしき場所はなんなのか。どうして、レンくんだけが錬金術を使えるのか。そして錬金術は何故この世界で廃れてしまったのか――スローライフの喜びを味わいつつ、世界の秘密が次第に明らかになっていく本書をお楽しみくださいませ。


ここからは謝辞を。

イラストご担当のたらんぼマン先生。素敵なイラストの数々、ありがとうございました。イラストによって一層深みを増した世界観が、作品を楽しむ一時をさらに特別なものにしたと思います。重ね重ね、ありがとうございました！

担当編集様もありがとうございました。お褒めのコメントや作品をより良くするための鋭い指摘は、度々はっとさせられるものでした。今後ともよろしくお願いいたします。

その他にも、ここでは名前を挙げられないくらい、たくさんの方々にご協力いただけました。この場を借りて、お礼申し上げます。

最後に読者の方々――ありがとうございます。皆様の応援のおかげで、こうして本を出すことができました。

では、また会う日まで。

鬱沢《うつざわ》色素《しきそ》

山からはじまる異世界ライフは意外と快適だった
～不思議なもふもふたちと古の錬金術でスローライフを満喫中～

2023年10月27日　初版第1刷発行

著　者　鬱沢色素

© Shikiso Utsuzawa 2023

発行人　菊地修一

発行所　スターツ出版株式会社

〒104-0031　東京都中央区京橋1-3-1　八重洲口大栄ビル７F
☎出版マーケティンググループ　03-6202-0386
（ご注文等に関するお問い合わせ）

https://starts-pub.jp/

印刷所　大日本印刷株式会社

ISBN　978-4-8137-9275-8　C0093　Printed in Japan

［鬱沢色素先生へのファンレター宛先］
〒104-0031　東京都中央区京橋1-3-1　八重洲口大栄ビル７F
スターツ出版（株）　書籍編集部気付　鬱沢色素先生